現代説経集

姜 信子

ぷねうま舎

挿画＝坂本大三郎
装丁＝矢部竜二
BowWow

現代説経集◇目次

はじまりはじまり　狂っちまえよ、と影が言う

民衆ってのは、地下の声や、巧妙に埋葬されてしまった声に、星も証人もいない夜でも、耳を澄ませる者のことだ。あいつらは単なる群集に過ぎない。

——タハール・ベン・ジェルーン『気狂いモハ、賢人モハ』より

困りました、最近、声が聞こえないみたいなんです、声が聞こえないと、私自身、何を話したものか、分からなくなる、しかし、もしかしたら、もともと思っていたほどには聞こえてなかったのかもしれない、刷り込み、錯覚、妄想、幻聴、信じたがりの思い込み、そんな類のものだったのかもしれないと、ふっと思ったりもします。

さて、今日はまず、そんな類の話からはじめましょうか。

一年ほども前のことです、まだまだ当分死にそうにもない老母がいきなり、間近な死に備えて荷物整理をすると言いだして、これはアナタのものだと言いながら差し出したのが、私の名前が記された「永住許可証」なる一片の紙切れ、生涯初めて見たその許可証には、こんなお堅い文章が書いてありました。

日本国に居住する大韓民国国民の法的地位及び待遇に関する日本国と大韓民国との間の協定の実施に伴う出入国管理特別法第一条第二項に基づき本邦で永住することを許可する。

昭和四十四年十二月二十日

法務大臣　西郷吉之助

ほうほう、「西郷吉之助」のところだけ、手書きめいた字の大きなハンコ、この西郷吉之助は征韓論の西郷隆盛のあまりに不出来な孫だったらしいのだけど、立派なご先祖はありがたいですね、どんなバカ野郎でも一九六九年には法務大臣、そしてこの年、私は八歳でした、八歳になるまで、私は本邦での永住は許可されていなかった、そのうえ、おそらく七歳までは無国籍だった、ということに、これまた、つい最近気がついたのでした。これにはかなりのショックを受けた。

何がショックって、無国籍だったことにではないですよ、まことに不本意ながら自分と瓜二つの団子ッ鼻の父が、本当の父であることをまったく疑わぬように、アプリオリにあまりに無防備に自分が日本に生まれ育った**韓国人**だと肌感覚で思い込んでいた自分自身にショックを受けたんです、常々へそ曲がりを自称しているこの私が、ここまで素直に自分が生まれながらの韓国人だと信じていたとは、情けないにもほどがある、国籍とか国家とかそういうロクでもない仕掛けにまんまとはまっていたことに、いまさらあらためて気づいて狼狽えるなんて、生き難いほどに恥ずかしゅうございます。

遅ればせながら、二十年前に韓国の本籍地で取ってきて、ずっと手元に置いていた戸籍謄本をじっくり見てみたんです。

ざっくり言うと、一八九六年に李朝の高宗治世下の朝鮮で父方の祖父が生まれた、この祖父が一九三一年に植民地朝鮮から日本に渡り、妻子を呼び寄せる、そして戦後も日本にとどまり、一九六八年に横浜で亡くなった。一方、祖父があとにした朝鮮半島は、一九四五年に植民地支配から解放され、一九四八年に南北分断、一九五〇年からは朝鮮戦争と相成ります。ここでご注意願いたいのは、日本に暮らす旧植民地の民は、戦後も、一九五二年までは、**日本国籍保有者**だったということであります。敗戦後は米軍政下にあった日本国が、サンフランシスコ条約の発効と同時にようやく国家主権を回復することになる、そのときに朝鮮人はほんの一片の行政通達で日本国籍を剝奪される。

重要なのはここから先です、日本国籍を剝奪された朝鮮人は、当然に、おのずと、川の流れのように韓国の国民や北朝鮮の国民になるわけではない、なんの権利保障もないどこの国家の庇護もない**無国籍者**になるんです、そして外国人登録には単に出身地という意味で「**朝鮮**」と書き込まれる。ひとりの人間がどこかの国民になるには、それなりの法的手続きが必要であって、朝鮮半島に実に不自然な形で生まれた新しくて幼い二つの国家のどちらかに、法に則った国民登録をせぬかぎりは、長嶋茂雄が巨人軍は永久に不滅ですと信じて叫んだのと同じくらいに、日本国籍を剝奪された朝鮮人もまた永久に無国籍なのです。

さらにさかのぼって言うならば、国籍を離脱するにも法の根拠が必要、なのに植民地時代には、朝鮮人に関しては、法律上、日本国籍を離脱する自由がなかったということも忘れてはいけません。

つまり、植民地時代、**どうしようもなく日本国民**であった祖父をはじめとするわが一族は、一九五二年、**どうしようもなく無国籍者**となった、それから、さて、どうしようかと考えあぐねて、**一向に物事を決められない優柔不断の民**であったわが一族は、（思うに、物事を自分で決められぬ優柔不断というのは、この世の大衆とか群集とか呼ばれる人々に共通のものですね、その意味ではごく普通の大衆であったわが一族は）、成りゆきまかせに無国籍状態を棚に上げているうちに、一九六八年に祖父が亡くなり、さすがに韓国の本籍地のお役所へと死亡届を出さざるを得なくなる、それまでわが棚上げ一族は、韓国という国家とは没交渉だったから、韓国のお役所には祖父母の婚姻届すら出していない、だから一九六八年に祖父母の婚姻届と祖父の死亡届、さらに私の両親の婚姻届と私を含めた子どもたちの出生届とを一気に出して、そして国民登録。

こうして私は七歳にして韓国人となりました、法に則って在日韓国人として永住許可もいただいた、そのことにいまさらながら気づいた私は、二重の意味で大変なショックを受けている、というわけです。

ひとつは、不覚にも、無意識のうちに易々と素直に国家という仕掛けにからめ捕られて生きていたということに。普通に頭で考えれば、どうしたってそんなわけないのに、自分がアプリオリに生まれる前から一族もろとも**在日韓国人**だったかのような、日本国が高天原と地続きであるかのように、韓国という戦後生まれの国家が遥か四千年以上も前の檀君神話の時代から続いているような、そんな骨の髄まで染み込んだ愚かな感覚が自分の中にあったことに衝撃を受けたのです。

そして、いまひとつは、どこもかしこも世界中が国家で覆い尽くされている現実の中で、幸か不幸かどこの国家にも属さない無国籍状態の七年間が自分にあったこと、その無国籍状態を、幼いうちに知らぬ間に失っていたこと、それがたまらなく悔しく、取り返しのつかぬほどのショックだったのでした。


実を言えば、わたくし、数か月前から、恥ずかしながら「水のアナーキスト」を名乗っております。どうか陳腐な名乗りだと笑わないでください、真剣です。

生きとし生けるすべてのものにとって、この世界は、どこかの国家の国民でなければ、まことに生き難い世界です、どこかの国家の国民であっても、そう生きやすくはない世界でもあります、世界が国家と国民と非＝国民とで埋め尽くされたのは、たかだかここ百五十年ほどの間の出来事です、この百五十年、せめて国民であるほかには生き延びる道がないかのように、国民でなければば何をされても仕方がないかのように、すべての理不尽は国家に従わないことから降りかかってくるかのように、深く強くしつこく刷り込まれてきたこの息の詰まる時空間に、いったいいつまで呪縛されていればいいんでしょうか、まともな生き物はこんな息詰まる空間にいつまでもいてはいけないでしょう。

だから、私は、命をはぐくむ水だけを信じて、国家の内も外も境もなく脈々とのびてゆく命の流れをたどってゆく者です、この世をめぐる水の声に耳傾けて、水とともに流れて生きてゆく者です、私は野をゆく、山をゆく、海をゆく、その昔、錫杖を手に野や山や海をめぐった無数の山伏や比丘尼のように、物語をたずさえて、流れる水のようにこの世をゆけば、ほら、旅する耳には、こんな歌も聞こえてくる、

この世の奥を満たす錫杖の響き
言葉を失くした耳たちを
いんいんと震わす永遠の響き
水はみどろのその奥に
まことの花の咲けるかな
いざひと息に身をば投げえーい
六根清浄　六根清浄

むかしの泉　むかしの泉
千年かけて浄めたてまつる

ええそうです、これは、二〇一六年の熊本地震の折りに、熊本をめざして旅に出たその道で、耳に飛び込んできた名もなき旅の祭文語りの歌声です、もとはひとりの海辺の巫女が歌っていたものです、巫女の口から放たれたその歌は、それを受け取った祭文語りの歌となり、祭文語りの口から放たれたその歌は、それを聴いた者たちの歌となり、そのどれもが本物の歌で、歌う者聴く者の誰もが歌の主、この世の主で、歌の数だけこの世には中心があり、物語があり、記憶がある、歌は水のように変幻自在にこの世をめぐり、生きることの渇きを癒し、命をつないでゆく、それは私の祈りであり、私の旅である、歌を盗み、物語を盗み、記憶を盗み、この世の中心はただひとつとうそぶいて、水を澱ませる者たちへの、それは私の闘いである、と水のアナーキストは小声で呟いている、こんなことを大きな声でことさらに言い立てるのは、いかにも恥ずかしいことですから、言い立てるまでもなく、この世の奥のひそやかな声、言葉を失くした耳たちの封じられた声を追っていけば、それはおのずとこの世に無数の中心をうがつ声のアナーキズムになる、生きとし生けるすべての命を思えば、おのずとそこに水の流れる……。

そもそも、基本的に、私のうちの九十九パーセントは死者たちの記憶や言葉や声でできあがっております、そして私のうちの私固有の領分は残りのほんの一パーセントにすぎません、しかもこの一パーセントは空白、過去の無数の死者たちと未来の無数の生者たちとのつなぎ目となる空白です、かけがえのないものです、私は空白で、空っぽで、果てしない穴で、すべてを受け容れる水路で、同時に私はそこを流れる水で、それゆえにかけがえのない私は、私の中の死者たちの記憶を盗む者や死者たちの声を封じる者たちに、おのずとひそかに静かに抗するひとりの生者なのです、私は過去の無数の死者たちであり、未来のひとりの死者であり、未来の無数の生者なのです。

なのに、近頃、どうしたことか、声が聞こえない、あの死者たちの声が時とともにますます聞こえない、いや、あるいは、私にはもともと何も聞こえてなかったのではないか、別のなにかを聞かされていたのではないか、いま声が聞こえないというのは、声が盗まれ、殺され、かき消されるのが常態のこの世にあって、実のところ、ようやく私が正気に返ろうとしている証なのではないか、そんな問いがなにかの兆しの黒い影のように胸をよぎります。

正気に返るということは、この澱んだ水の中の世界にあって、狂気を孕むということですね、もうそろそろ潮時だろ、狂っちまえよ、と黒い影は言っているような気もします。

お尋ねします、私はちゃんと狂えるでしょうか？　正気に返ることができるでしょうか？　そうですね、こんなこと、誰に尋ねることでもないですね、答えを欲しがるようじゃいけませんね。

耳を澄まして、じっと澄まして……。

こないだ、済州島に行ってきました。済州島の創世神ソルムンデハルマンの祭りに呼ばれたんです。私の中に渦巻く問いたちも、済州島に向かえと囁くようでした。

済州島は火山島、一九四八年の朝鮮半島の南北分断にどこよりも激しくまっすぐに抗ったために、妙な生まれかたをしたばかりの韓国という国家によって、島民の九人にひとりが殺された島です、済州島は風の島、生き残った者たちの口が封じられ、その記憶は国家に盗まれ、書き換えられ、殺されて穴に放り込まれた者たちの白い骨が土の中でただカタカタといまも震えつづけている島です、あのね、生き残った者たちの中には、二つの乳房を軍人に抉り取られた女もいたんですよ、女の胸にぽっかりと空いた二つの窪みには、お上の目を盗んで、物言えぬすべての死者と生者の痛みと哀しみと沈黙が葬られていたんだそうです……、そうです、済州島は空白の島です、その島に、石の声ばかりを聴きつづけてきたひとりの男がいます、男はかつて私にこう言った、石の中にも水は流れる、石の中にも風が吹く、物語が息づく、この世の無数の石のひとつひとつに、この世のはじまりが潜んでいる、思うにわれらもまたできそこないの石なのではないか……。

さて、この話はきっと以前にもしましたね、済州島の創世の女神ソルムンデハルマンの物語。ハルマンは大きい、銀河にも手が届く、海の底にも足がつく、ハルマンは島を産み、この世のすべての命を産み、そして五百人の息子を産み養った、あるときぐらぐら煮立った大釜の白い粥の中にひそかに身を投げて、その赤い血と肉は白い粥の中にすっかり溶けて、五百人の息子たちの命の糧になった、それと知らずにハルマンの命を食べてしまった息子たちは、釜の底に白い大きな骨を見つけて驚いた、おかあさん、おかあさんと泣き叫び、そのまま石になってしまった、それからずっと石たちはひそかな声をあげつづけています、これははじまりの母の教えなのだと、命は命を喰らって生きるのだ、命は命に喰らわれてこそ生かされるのだ、そうしてわれらのこの世界ははじまったのだと、石たちはいまも囁きつづけています、この世からはじまりの記憶が盗まれたならば、そのことに気づいたならば、わが身をばひと息に投げ出して、何度でも、千年かけてでも、はじまりなおさなければならないのだと。

私は、ふたたび訪ねた済州島で、石の声を聞く男と、男がはじまりを呼び出すために島じゅうから拾い集めてきた巨大な石たち、ソルムンデハルマンの五百人の息子たちに囲まれて、彼らの声に耳をじっと澄ませました、風が吹いている、彼らはざわめいているようだ、でも私にはまだ確かな声が聞こえない、私もまた石たちのようにざわめいてみる、小さな声で挨拶の代わりに石たちに歌いかけてみる……。

ふるふるふるえるよをふるたまふる水の声、石の声
命の声
この世をめぐる水の流れに耳を澄ませて
島から島へ
旅する私は
あるとき、ある島で、ひとりの狂人から
遠い昔の〈はじまり〉の物語を聞いたのです
狂人の名前は「五百一人目の息子」
〈おわり〉にとりつかれて久しい島に
ふたたび〈はじまり〉をもたらそうとする者でした
はるかな石の声に耳を澄ます者でした
五百一人目の息子が私に手渡した石からは
ふるふる湧きいずる泉の音がしました
五百一人目の息子が私に手渡したのは
〈あいのはじまり〉の物語でした

五百一人目の息子とは、来たる世の最初の息子、最初の人間なのかもしれません。

五百一人目の石は、息子でも娘でもいいのかもしれません。

いずれにせよ、はじまりはつねに痛みとともにある、哀しみとともにある、空白とともにある、沈黙とともにある、石とともにある、水とともにある、無数の死者たちとともにある、なにより狂気とともに、果てしなく深い祈りとともに。


そうだよ、おまえ、四の五の言わずに、狂っちまえよ。

なもあみだんぶーさんせうだゆう

道端にぽつんと脱ぎ捨てられている靴ほど胸騒ぎをさそうものはない。揃えて置かれていたならなお怖い。いったい靴の主はどこに消えたのか。主をなくしたうつろな靴はこれからどこにどう彷徨いだすつもりなのか。こんな靴に出会ってしまった私はどうしたらいいのか。誰か教えてはくれないのか。導きの声を探す道は迷いの道。ただひとつ、美しい歌声には気をつけよ、と、これは古の旅人の教え。

たとえば、およそ百年前の一九一五年、森鷗外が伝える一足の藁の履《くつ》をめぐるこんなお話、ところは丹後由良、ときおり飢えて行き倒れたみすぼらしい旅の死人が出るほかは滅多に人も通わぬ、由良岳の鬱蒼とした峠の、足ももつれる細く険しい藪の道を降りきったところの澱んだ沼の端に、小さい履が一足、これみよがしに脱ぎ捨てられていた。それは弟の厨子王ともども人買いにかどわかされて、丹後の由良湊の千軒長者、山椒太夫に売り飛ばされて、奴隷にされて、潮汲め、柴を刈れ、焼き鏝をあててやろうか、女のおまえがこの世の何の役に立つというのか、でくのぼうでも厨子王は男、生きて残るなら厨子王だろう、アウシュヴィッツに着いた途端に息子か娘かどちらか選べと迫られたソフィーだって、直感的に息子を選んだだろう、娘はガス室行きだったろう、そうして娘を人身御供にソフィーの物語は苦い命を得ただろう、おまえの命にしたって価値があるとすれば、物語に囚われて永遠の生殺しにされてこその安寿ではないか、そうやってきりきり苛めぬかれた安寿の履であった。履は、これみよがしに、意図を汲めとばかりに脱ぎ捨ててあるのである。人々は、深く考えたなら答えの出ないことについては、阿吽の呼吸で目をつぶるものなのである。それを予定調和と呼ぶのである。けなげな安寿は逃げた厨子王の無事と立身出世とを願って、履を脱いで、あの沼に入水した、世の人がそう思ってくれなければ、物語の語り手は大いに困る。かわいそうに、身の置き所のない安寿はただただ厨子王を逃すために、ほんの十五で覚悟の人身御供となった、南無阿弥陀仏、人々はいたいけな安寿を祀って拝んで供養して、そうして憐れみのうちに物語が閉じられてゆくならば、物語の聞き手も心地よい、流す涙もうるわしい、そうさ、物語のあちらとこちらはつながってはいないはずだからねぇ。現実を忘れて夢のように物語はすすむ、厨子王は都へゆく、運命に運ばれて担がれてとどこおりなく出世する、一視同仁、奴隷解放、山椒太夫もゆるしてやる。厨子王はまことにありがたい王である、山椒太夫は改心する。そうだ山椒太夫は改心の証に山椒大夫と改名したのだった、たった一字の違いでも人間のイメージというのはずいぶん変わるね。太い奴から、大きなお方。さあ、新しい世がやってくる、厨子王も山椒大夫も男どもはみんなザンギリ頭で、文明開化の音を響かせて、近代的な「山椒大夫」を邪気もなく演じる。四民平等、自由、博愛、実にいいお話じゃないか。落としどころを見つけて、みんな幸せじゃないか。綻びもなく物語はすすむ。厨子王はおのれが幸せならば、誰もが幸せだと信じて、ますます幸せになる。これみよがしの安寿の履は、気がつけば、消えてなくなっている。履が消えたことなど、誰も気がついていない。

誰だ？　あの履にこっそりと足を差し入れて、物語の外へと忍び足でさまよいでた不埒なおまえは、誰？

そう、あれからもう百年になる。かもめが飛んでいる。港を出ようとする船に群れなしてまとわりついて飛んでいる。船の名はおけさ丸。それにしても横着なかもめたちだ、あの羽が烏のように不吉に黒かったなら、誰も餌などやろうとはしなかっただろうに、いたずらに白いから、むやみに餌付けされて、可愛がられて、人をみくびる。船は佐渡へと向かう。エコエコアザラクのリズムで、「サドニ、オマエヲ、ツレテイク」と言ったら男は泣いてみせた。それでも素直についてきた。男はいま一等船室のジュータン席で無心にピーナッツをかじり、Facebook を覗いている。一等船室、とはいっても、ジュータン敷きの船室に小ぶりの薄手のマットレスが二十センチ間隔くらいにお行儀よく並べられていて、マットレスと毛布と枕がある分、だだっ広い二等船室の固い床の雑魚寝状態よりはまし、中流の上、といったところの部屋だ。男の二つ先のマットレスには、仰向けになって iPad を両手で捧げ持つようにして持ってずっと覗き込んでいるほどほど若い女、茶色い髪が白い枕に扇のように広がっている。反対側の二つ先のマットレスには座って朝日新聞を読みふける中年の男、黒いジャンパー、「国の追悼施設、陸前高田と石巻に二十年度末完成めざす」、私は見出しをちらりと目に刻んでデッキに出る、かもめにカメラを向ける、それからガラス窓越しに船室の中の男にカメラを向ける。カメラの気配に気づいて男はおのずとほほえんだ。なさけない、腹に一物もない、ふがいないにもほどがある男だ。この男はかつて厨子王と呼ばれていた。ふがいない厨子王。王のくせして、おのれの意思で安寿ひとりろくろく殺すこともできない。ふがいない厨子王を連れて私は佐渡にゆく。雨が降っている。旅の雨は恵みの雨なのだと、これも古の旅人の教えである。今度こそ安寿は殺されなければならない。

ねえ、知ってる？　いまググって私も初めて知ったんだけど、エコエコアザラクって、「響け響け、祈り、響け響け、かすかに」という意味なんですって。

海は凪いでいる。まったり揺れるマットレスに腰を下ろして、私は隣のマットレスに寝転ぶ男の耳をまじまじと見ている。男の耳は、耳たぶがふくよかで恵比寿さんのようによく笑う耳だ。男も私の西洋猿のように横に突き出た耳を見つめ返して、俺もピアスをしてみたいなぁ、似合うだろうかと、邪気のない眼で尋ねる。私の耳には左に二つ、右に一つ、三つのピアスが刺さっていて、金属アレルギーでいつもなんだかジュクジュク湿っている。その左の余分のピアスをひとつ抜いて、おまえの耳にためしに刺してやろうか、マシュマロみたいな耳たぶだから、すーっと穴が開くかもしれないよ、もしかしたら、つーっと赤い糸のような血が流れるかもね、おまえの血は甘くておいしいかもね。そう言ったら男は少し震えてみせた。私は男の耳に執着して話しつづける。この世にはね、生まれつき耳たぶに穴が開いている人たちがいて、たとえば山口の長門のある小島ではそういう人のことをなぜだかフジワラトウと呼んだらしいのだけど、この人たちは素手で平気で蛇を摑むことができたらしいのよ、と言いながら男の華奢な手を引き寄せて、見る。皺ひとつない、指紋もない、おまえの手はきれいな手だねぇ、と男の手をさする。柔らかな手、とりわけ先っぽが丸みを帯びた中指が魅力的、中指をさりげなく左手で包み込んで、なにげない声で話しつづける。なんなく蛇を素手で捕まえてしまう者のことをニガテという、ニガテは蛇の魂をその手で摑みとることができる、蛇はニガテに摑まれたらピクリとも動けない、柳田國男がどこかでそんなことを書いていた、と語る私はこれまでに男のもとにやってきた無数の安寿のことを想っているのだ。こんなふうにたくさんの安寿がおまえの中指を摑んですがりついたよねぇ。いまは私の手のうちにある男の中指はぴくりともしない。私は男の耳をあらためてじっと見る、妙な耳なのだ、覗き込んでも耳穴が見えない、恵比寿さんのような耳をして、ほほえみながらこちらに耳を傾けているというのに、耳穴がない。いったいどうしたことだろうか。耳に穴も持たずに、声はどこからこの男の中に入っていくのだろうか。声など聴かなくとも人間は意思の疎通ができるものなのだろうか、泣いたり笑ったり歌ったりできるものなのだろうか、むやみに声を聴くのは禍々しいことだから耳に蓋をしたのだろうか、穴のない男の耳は笑っている、私が男に話しかけるこの声も男のうちへと入る穴を見つけられずにぐるぐるとぐろを巻いているというのに、ひとりの安寿もろくに殺せないくせに、おかまいなしに笑っている、耳の穴があるべきその場所に釘を打ち込んで穴を開けてやろうか、血まみれの声を耳の底へと流し込んでやろうか、おまえの魂まで血まみれにしてやろうか。男はほんの少し震えてみせた。船はゆっくりと佐渡の港に入った。しっぽりと紅葉する山が見えた。まだ雨は降っている。

昔、男がまだただのわがままな坊やだった頃、男の小さな頭を膝に乗せて、男の母が言ったんだそうだ。おまえの耳は厄介だね、穴がないから、耳垢も掻き出せない。

その昔、丹後由良で死んだはずの安寿は生きている。
これも男の耳には禍々しい話。
まだあっちこっちに安寿はいるよ。
こんな声も男はけっして聴きたくはない。
安寿恋しや、ほうやれほう、
歌に呼ばれて佐渡に渡った安寿もいるらしいよ、
だから私とおまえはこうして佐渡に旅してきたのだよ、

ところで、おまえはおまえの安寿たちとどこでどうやって出会ったの？

雨に打たれて佐渡をめぐれば、
佐渡の畑野の町なかの三叉路に安寿塚、根元が大きく二股に割れて塚におおいかぶさる木がその目印だ。この地でひとりの安寿が死んだという。

佐渡の南片辺の浜の鹿野浦《かのうら》にも安寿塚、いつかの台風で古びた祠が吹き飛ばされて、いまは目にも鮮やかな朱塗りの祠、なかには小さな地蔵が三体。ここでもひとりの安寿が死んだという。

佐渡の達者海岸の山際にも安寿地蔵堂、ここには清水が湧く、目洗い地蔵がそこに立つ、この清水で目を洗えば、ぱっちりと見えるようになるという、佐渡に売られた安寿の母は、佐渡金山の鉱毒でやられた目を、ここの清水で癒したという、見開いた目で佐渡まで母に会いにきた安寿を見て、達者でよかったと喜び合ったのだという、ここの安寿は生きてどこかに逃げ落ちたらしい。

佐渡の小木の対岸の直江津の海べりにも安寿供養塔、ここは安寿と厨子王と母と乳母が人買いにかどわかされたところだね。

北回りの船に乗って行ったのだろうか、津軽の岩木山には安寿姫。

そういえば、この春、直江津の隣の上越高田で人形浄瑠璃「山椒太夫」を観たのです。佐渡の人形一座が演ずるこの物語は、森鷗外の『山椒大夫』とも、説経節「さんせう太夫」とも違う、古浄瑠璃の文弥節の「山椒太夫」、文弥節の安寿も生きて佐渡に渡ります。

文弥節は長いから、少しはしょって語りましょうか。
いきなりですが、いまや安寿は死にそうだ、丹後由良の山椒太夫のもとから厨子王を逃がした咎で、太夫の三男、邪慳なる三郎に責めさいなまれて身も砕かれて息も絶え絶え、なんとその安寿を救い出して佐渡まで連れてくる天下無双の若武者がいるのです、その名も宮城の小八、これは安寿の母とともに佐渡に売られる乳母の姥竹の息子だ、森鷗外の『山椒大夫』にも説経節の「さんせう太夫」にもないキャラだ、眉も凛々しい小八は軽々安寿を背負って佐渡へとやってくる、外海府《そとかいふ》のどこかの浜だろうか、昔は佐渡の長者の塩汲み浜でいまでは荒れ野原の鹿野浦の浜だろうか、小八はしきりに水を欲しがる安寿のために清水を汲みに行く、海岸線に山が迫る、その山と海の境目には湧き出る清水がある、佐渡のそこかしこに佐渡に生きる者たちの命の水の清水がある、荒波、荒海、ざっくりと削りとられた大岩、奇巌、断崖絶壁、切り立った山へのその上がり口、そこが村の入口、水が湧くところに人は住む、清水には邪気を払う注連縄がある、地蔵が立つ、その清水を小八は汲みに行ったのだ、安寿をたった独り、海辺の荒れ野に横たえて、鬱蒼と険しい山のほうへと小八は向かう、そのわずかの間の出来事でした、
安寿姫恋しや　厨子王見たや　ほうやれほう
荒れ野原に歌が彷徨う、そうだ、あの声は、直江津の沖で生き別れて、佐渡に売られた安寿の母の声だ、佐渡の長者の奴婢となった母は、目玉が乾いて干上がって盲いるほどに涙を流しつくし

たのだ、見えない目で日がな一日鳴子のつなを引いては粟をついばむ鳥を追って生きてきたのだ、
安寿姫恋しや　厨子王見たや　ほうやれほう、子どもはいずくに売られけん
しかし人間というのは残酷なものです、佐渡の奴婢の日々は酷かったよ、どこのどんな島であれ、お上に痛めつけられている庶民はみんな善人ばかりなんていうのは世間知らずの言葉だよ、一番怖いのは庶民さ、大衆さ、と、それは、この世のどこの島でも、闇に葬られた人間の性と業を掘り返す墓泥棒たちが一様に声を揃えて言うことだよ、それがたとえ哀れなめくらであっても、垢まみれのざんばら髪の老婆の奴婢が子を恋うて哀しい歌を歌えば、その哀しみに触れたくない者どもが老婆をからかう、なぶる、いじめたおす、おうおうわたしが安寿だよ、おうおう俺が厨子王だよ、あれあれ、おまえ信じたのか、おまえの子がここにいるわけがないじゃないか、けらけら笑うその声に、めくらの老婆は、いまとなってはこの世の道を行くたったひとつのよすがの杖を振り回して、こう叫ぶんだ、めくらの打つ杖は咎にはならぬ！　おまえたち、打ち殺してやる、それをまたけらけら笑って人々が通りすぎてゆく、そうさ、ちょうどその時だったのさ、安寿が佐渡にやってきたのは。安寿は荒れ野原にひとり横たわっている、かすかな歌が聴こえてくる、
安寿姫恋しや　厨子王見たや　ほうやれほう、子どもはいずくに売られけん
瀕死の安寿はその歌声を聴くや、はっと、石のように重くなって冥府にいまにも沈みそうであった頭をあげる、あたりを見まわす、ああ、ああ、ああ、母上ではありませぬか！　安寿は立とうとして、邪慳なる三郎に打ち砕かれた身のあまりの痛さに、足も立たずにようよう這いずり這い

ずり、めくらの母の着物の裾に取りついて、母上様、安寿でございます！　母はその必死の声を聴いて髪を逆立てる、またおまえたちか、馬鹿にするな、その手を放せ、そこをのけ、めくらの杖は咎ならじ、ええい、よくも、よくも……、打ち下ろす、渾身の力で杖を打ち下ろす、殺してやる、打ち殺してやる、めくらの杖のめった打ち、わが娘の声すらもわからぬめくらの母の黒い闇。とうとう安寿は死にました。急所を打たれて息絶えました。

でも、これは物語ですから。安寿はまだ死んでませんから。

めくらの悲劇と言えば、ギリシャの昔のオイディプス王ですね。父も母も見定めることができずに、怒りにまかせて父と知らずに父を殺し、王位について母と知らずに母と交わり……、だからオイディプスはその目をみずからつぶすことによって、初めてこの世の本当を観るのだ、人間というのはそもそもがあきめくらなのだ、というような教訓は当たり前すぎてつまらない。なにかにつけて恐ろしいのは、そのあきめくらの世にはびこる欲望です。父を殺したい？　母を犯したい？　ええ、ええ、そんなのは底なしの欲望のほんの一部、欠片に過ぎない。抑圧する父？　交わりたい母？　欲望する私？　エディプス・コンプレックス？　コンプレックスなどにおとなしく収まるものか、欲望はもっと自由だ、水のように自在にぬるぬるとこの世をめぐる、私に命令するな、私を縛るな、私を閉じ込めるな、私を分析するな、私は欲望なのだ、得体のしれない欲望なのだ、欲望の秘密を知る者こそがこの世の本当の王なのだ、この世の王は、王の前に這いつくばることだって、王にすべてを搾り取られることだって、みずから望んで欲望していることと思わせる、それを無上の歓びと信じこませる、知らず知らずの恥知らずの絶対服従の欲望の秩序を握って離そうとしないものなのだ……、いったい私は何を語りたいのだろうか、耳は形ばかりの耳なしのおまえなんかに話してどうしようというのだろうか、平家の怨霊のようにおまえの耳をむしりとってやろうか、耳は命に取ってかわるほどのものなのだろうか。芳一、芳一、おまえは目が見えないからこそ、姿なき者たちの声を聴いたんだろう？　おまえの失われた耳は、いま、どこで、どんな声を聴いている？　殺したい、殺したい、この私のひそかな声は聴こえているだろうか？　殺したい、安寿を殺さねばならない、まだ安寿は死んでいない、ねえ、私の声は聴こえている？　あのね、安寿を打ち殺した母は、そのあと佐渡にやってきた厨子王に救い出されるの、厨子王が肌身離さず持っていた身代わり地蔵を母の盲いた目に押し当てたなら、あらありがたや、ご本尊光明赫奕《かくやく》と照らさせ給う、不思議や母上の両目、はっと開きける、いまでは、めくらの母が安寿を打ち殺したあの荒れ野原には、めくらの母が歌っていた、ほうやれほうの歌の代わりに、こんな歌がかすかに漂っているんだそう。「片辺、鹿の浦、中の水は飲むな、毒が流れる日に三度」、流れる毒は打ち殺された安寿の涙と言う人もいるけれど、でもね、安寿は本当は死んでないの、流れる毒は佐渡金山の鉱毒なの、上越高田で人形浄瑠璃「山椒太夫」が演じられていたときに、客席には安寿がいたの、それはおまえもよく知っている安寿だったよ。おまえが忘れたくてたまらなくて、この世に存在すらしなかったということにしている、その安寿だったよ。その安寿、仮に安寿Aとしておこうか、人形芝居が終わった途端にTwitter上に安寿Aが流したまるで他人事のような呟きひとつ。

「上越高田で『山椒太夫』を見ました。佐渡の『山椒太夫』です。盲目になった安寿の母が、安寿を娘と気づかず打ち殺す、激しい物語です」

他人事と思えば悲劇も喜劇だから、安寿Aはますます気楽に高田駅からほんの十分電車に乗って、次の次の直江津で降りて、極楽な観光気分で港のほうへと軽い足取りで歩いていけば、ほら、橋が見える、海が見える、佐渡が見える、真っ赤な夕陽だ、海辺のこんぴらさんの境内の片隅には安寿供養塔が厨子王と乳母の姥竹の供養塔と三つ仲良く並んでいるじゃないの、あら、素敵な風景ね、記念写真、パチリ。安寿Aの隣には何人目かの厨子王X。安寿的には厨子王のない安寿なんて安寿じゃないから、ひとりの厨子王が消えれば、瞬く間に次の厨子王というわけで、さあ、通りすがりの若者に頼んで、目の前の供養塔のように、この千年来の癖で二人はひしと肩寄せ合って、パチリ、あ、もう一枚お願いしますぅ。

「山椒太夫」の物語が語られるたびに、ひとりの安寿がさまよいでる。「山椒太夫」はこの千年の間、果てしなく語られつづけてきたものだから、無数の安寿がこの世をさまよう。安寿A、安寿B、安寿C、安寿D……。

せっかくの佐渡の旅だというのに、男はおのずと耳をふさいでいる。私は語りつづける。また別の安寿、これを仮に安寿Zとしておこうか、その安寿Zの口からもFacebook上に思わず呟きがこぼれおちた。

「丹後由良の如意寺には、厨子王の身代わりに責め殺された安寿を祀った『身代わり地蔵』が一体。森鷗外の安寿と厨子王は近代的な個人です。しかし説経節『さんせう太夫』の厨子王は一家の『王』、安寿は男を知らぬまま母性の化身となった犠牲の守護神。私はこんな安寿を作った社会を憎みます、正します、闘います」

安寿Zは自己認識においては近代的個人である。そしてフェミニストである。千年にもわたって無数の安寿が物語の中でさまざまに見世物のように責め殺されて、それもすべては厨子王のため、王たちの欲望のためであったことに憤っている、できれば説経節「さんせう太夫」をフェミニズムの視点で書き換えてみたい、鷗外の『山椒大夫』だっていまとなっては古臭い、安寿を入水させる？　なぜ安寿がみずから死ななくちゃいけないのかしら？　書き換えてあげるわ、生きる安寿の物語に書き換えてみせるわ、安寿に焦点を当てれば、物語るその言葉遣いだって女性らしく変わるわよ、うふふ、と、それを現代の近代的個人である安寿の使命とわきまえている、しかしながら、二〇一一年三月のあの日、この世界が根っこから揺さぶられて、押し流されて、あらわになったあの事態、つくづくとこの社会の近代ははりぼてだったな、そして安寿Z、おまえの近代的個人のフェミニズムも似たようなものだったな、説経節の世界を糾弾する安寿Zは、Facebook 上で糾弾の狼煙をあげるほんの三日前に、誰にも知られずひそかに三年間ひれ伏してきた厨子王に「わけは言えない。でも、もうおまえとは会わない」と有無を言わさず別れを申し渡されたばかりだったのだ。この厨子王を仮に厨子王Aとしよう。安寿Zにとってはすべての男は厨子王で、近代的個人としてみずからが選んだ王への服従は歓びなのであり、会わないと言われれば、はい王様と答えるほかはない、はい王様、はい王様、ぐずぐず泣いて、はい王様、言うことを聞かなければ安寿Zは安寿ではなくなる、レゾンデートルをかけて、はい王様。厨子王Aには安寿Zのほかにも妻も恋人も愛人もいたのである。母も姉も妹も娘もいたのである。そのすべてがなりゆきで、厨子王Aにとって女はひとしくみな安寿だったのである。安寿と厨子王の千年の愉楽。千年の惰性。千年の軛。もう物語も役割も欲望も空気のように刷り込まれているから、あきめくらでも、耳に穴がなくても大丈夫。目の前に相手が現れたなら、条件反射でぴくりとして、条件反射で這いつくばって、条件反射で呻いて、条件反射でよろこんで、条件反射で出会って別れてゆく。で、問題はおまえだよ、おまえはおまえの安寿とどこでどうやって出会ったのよ？

ようやく男が口を開いた。さびしい歌をうたっていたのだ、と男は言った。ほら、こんなふうにとうたってみせた、Oh my darling, oh my darling, oh my darling, Clementine.You are lost and gone forever, dreadful sorry, Clementine.　さびしい歌をうたえば、向こうから安寿がおのずとやってくる、そして俺の中指を摑む。そこの俺の意思はない。交わす心もない。そう男は言った。いまも俺はたまらなくさびしいのだと性懲りもなく男は言った。

男がことの恐ろしさにことさらに忘れようとしていたかすかな記憶によれば、それは二〇一一年の二月の初めのことだった。安寿Kが説経節「さんせう太夫」の古例に倣って、神々に誓いを立てたのだという。安寿Kは京都から、男は東京から、さびしい歌でおのずと近づいた二人は宇治山田で落ちあって、伊勢神宮に詣でた。しかしなぜに伊勢神宮なのだ？　はりぼての近代の隠れた根っこがそこにあるからなのか？　それともこれもただのなりゆきなのか？

さてもさても安寿Kが伊勢の天照大神に申し上げることには、この男が私の厨子王でないならば、近代的個人安寿にふさわしい堂々たる近代の王でないならば、どうか、いますぐにも私の立つこの大地を大きく揺さぶってお知らせくださいませ、どうか愚かな安寿に戒めの天罰を……、安寿Kは、古式ゆかしく、独鈷《とっこ》を握って鈴を振り、苛高《いらたか》の数珠をさらりさらりと押し揉うで、謹上さんざん、さいへい再拝、上に梵天帝釈、下に四大天王、閻魔法王、五道の冥官、大神に泰山府君《たいざんふくん》、下界の地には、伊勢は神明天照大神、外宮が四十末社、内宮が八十末社、両宮合わせて百二十末社の御神、ただいま勧請申し奉る。熊野には新宮くわうぐう、……と思いつくかぎりの神々の名前を挙げ連ねていくのだが、その祈りはあまりにも長くて禍々しいから、途中ははしょります、それから、蛇足ながら、祈りとはいうけれど、これは祈りではなく呪いです。自己愛の強い近代的個人、安寿K、本人は気づいていないが、これは自己愛の呪いです。神様というのは、大昔から、たとえそれが呪いであっても、それがどんなに道に外れたことであっても、その念の強さに打たれて叶えてやることもある、そもそも神というのは理不尽の別名でもあるのですから、たとえば「さんせう太夫」と同じく五大説経節のひとつの「信徳丸」、この物語では義理の母が継子の信徳丸を異例の病、つまり癩病にしてくれろと京都じゅうの神社仏閣に呪いの釘を打ち込んで祈願する、すると信徳丸は見事に癩病になる……、ともかくもそういうわけで、かたじけなくも、神の数、九万八千七社の御神、仏の数は、一万三千余仏なり。この男がわが厨子王でないのならば、仏神の御罰を蒙るべし。この安寿の身のことは言うまでもなし。この足元よりこの世は揺ら

いで崩れるべし。一家一門、六親眷属に至るまで、堕罪の車に誅《ちゅう》せられ、修羅三悪道へ引き落とされ、浮かぶ世さらにあるまじ……。

二〇一一年二月某日。安寿Kの立つ伊勢神宮の大地は盤石だった。安寿Kは満足した。安寿Kは心の底からよろこんだ。

二〇一一年三月十一日、安寿Kの立つ京都の大地は盤石だった、男の立つ東京の大地は大いに揺さぶられたが、幸か不幸か、男は無事だった。安寿Kは躍りあがってよろこんだ、その一瞬で二万人が命を落とそうとも、われら二人は無事なのである、神々はわれら二人をお守りくださる、この災厄はわれら近代の安寿と厨子王への神々の祝福なのだと男に夢中で語った。

二〇一一年五月某日、安寿Kは男を伴うて、丹後由良の身代わり地蔵を訪れた。この千年、果てしない責めの身代わりとなってくださったことへの深い感謝の念を申し上げるために。そしてその日、なりゆきのまま、阿吽の呼吸で、男はぴくりと疼いたその華奢な中指を安寿Kに摑ませた。それから二年間、男の中指は安寿Kの身代わり地蔵となった。安寿Kは中指をこの世の王のしるしとして崇め奉った。暇さえあれば服従の証にその汚れをみずからの舌で舐めてとり、ウェットティッシュできれいに磨きあげた。

しかし、安寿Kよ、おまえがおまえの歓びと引き換えにした二万人の命を想うことはないのか？

安寿Kは何も言わない。けっして言わない。じっと押し黙って、やがて近代の無数の安寿たちの遠い呟きが聞こえてくるようなのである。それは私の内側からじりじりと滲み出てくる冷や汗めいたざわめきのようなのでもある。知ったことか、知ったことか、遠い、見えない、聞こえない、知らない者たちの命の一つひとつまで気にかけていたならば、きりがないではないか、この世はとどこおるばかり、非合理、非効率のきわみではないか、遥かな場所の目には見えない二万人の生き死によりも、いまここに在る二人の幸せ。二万人の死を想えば、生きる歓びもきわまるではないか。関わりたくなければ、目をそらせば済むことではないか。それが万古不易この世の真実でしょう？　生身を失くして数字になって記号になった二万人よりも、生身の二人の幸せでしょう？　生身の勝利だ、解放だ、それがわれらの近代だ、みずから選んだ王の前にみずからひざまずく近代的個人の私の何が悪い？　あなたはいったい何様なのですか？

しかし、安寿K、所詮、おまえだって記号ではないか。おまえの厨子王はおまえの本当の名前を知らないではないか。目の前のおまえが安寿Aだか Kだか Zだかわからなくなって、ふざけたふりして、十把ひとからげに、「もれなく安寿」と呼んでいたらしいではないか。

雨は降る。しとしとと二人連れが佐渡をゆく。昔は隣村に行くにも四十二曲がりの険しい山道を越えたのだよ、いまは便利だ、トンネルくぐって、海岸道路を行ってさ、それでもね、私は安寿を殺したい、殺したい、私がそう言うたびに男が傍らで条件反射で震えてみせる。わかっているくせに、もうすべてがわかっているくせに、わかろうとはしない意地の悪い男だ。そうやって千年このかたずっと、さあ丹後由良から逃げよ落ちよ、山椒太夫が世界からはや落ちよ、落ちて堕ちて堕ちてしまえと、耳穴のない耳に囁きつづける安寿たちの自己愛に満ちた声の熱さに惑わされたふりをしては、俺のせいではないよ、俺の意思ではないよと、まばたきするようにぴくりとぴくりと堕ちてきたのにちがいないのだ。私は安寿なんか殺したくない、私は条件反射の物語の王など欲しくはない、ぴくぴくと生きているおまえがいやなのだ、安寿と二人しておまえがぴくぴくとなりゆきまかせに、いま私が生きるこの世界にかけた呪いを解きたいのだ。なのに、解くすべがわからない。嗚呼、しかし、佐渡は道に迷うにはよいところです。旅する者が神になると佐渡では言うのだそうです。たくさんの者たちが島に流れ着いて、たくさんの者たちが名も残さずに死んでいって、そんな行き倒れを神と祀る、そんな心が島にはあったのだそうです。だから、私も佐渡では安心して道に迷う。なにしろ佐渡ではむじなさえもが神になる。もともと佐渡にはむじなはおりませんでした。佐渡金山で使うふいごの皮のためにむじなは佐渡に連れてこられた、むじなどもは皮を剝がれる、神になる、神になったむじなを祀る佐渡の十二権現さんを拝むのは熊野山伏だ、山伏の傍らには比丘尼がいた、これもこの世を旅する者たちだ、比丘尼のことを人々は「庵主／あんじゅ」と呼び、あるいは「あんじょ／尼女」とも呼んだという。ほら、佐渡の鹿野浦の安寿塚はもともとは十二権現。ここには、どこにも居場所を持たないこの世の旅人のあんじょがいたのかもしれないよ、こちらとあちら、見えるものたちと見えないものたちを結んで、祈る、呪う、歌う、語る、時には春も売る、そういう営みをしていた者たちの名残のあとが佐渡の鹿野浦の安寿塚なのかもしれないよ。そうだよ、佐渡の畑野の安寿塚は行き倒れたあんじょの櫛と笄《こうがい》を埋めた鎮魂の塚なのだよ、名もなきあんじょが、いつの間にか安寿と呼ばれるようになって、そうやって行き倒れの魂に名前が与えられれば、何か安心するようではあるのだけれど……、そうね、安寿に呪われた私が、この島で、知る人もなくあんじょのように行き倒れれば、私も神にしてもらえるのかもね、名もないあんじょの行き倒れを憐れんで、安寿という名をいただいて、私も安寿塚に祀られるのかもね、私も安寿と呼ばれるのかもね、ああ、いやだいやだ、それだけはいやだ、そう言っているのは私だけじゃないよ、行き倒れた無数のあんじょたちが、いやだいやだ、道に惑うた無数の女たちが、いやだいやだ、波にさらわれた無数の女たちが、いやだいやだ、女も男も誰も彼も、いやだいやだ、この世を呪って呪われた安寿の名など欲しくはない、私には私の名前がある、私の命がある。おい、おまえ、ふがいない厨子王、本当のところは、おまえもそう言ってみたいんだろう？　この世のからくりや欲望や物語に逆らうには小賢しくて小心すぎるから、そうは言えないだけなんだろう？

あれからずっと雨が降りつづいている、佐渡の雨がついてくる、恵みの雨だ、問いに惑うのも旅の恵みだ。ええ、ええ、惑っていれば、たまには僥倖もあるのです。これはついこないだのことなのです。旅の浪花節語りに呼ばれて旅した滋賀の大津の湖のほとりの町の辻で、ひとりの年老いた真宗の説教師に行きあった。説経師はどこからやってきたのか、旅の者だという、私は仏教徒ではないけれども、道に惑う者だから、道ゆく者の声には耳を傾ける。なもあみだんぶー、なもあみだんぶー、千年生きたむじなのような説教師が念仏を唱えて、こう言ったのだ。頭で考え抜けばいきづまる、自分で自分を救おうとしても救われない、なもあみだんぶー、なもあみだんぶー、念仏を唱えて、さらにこう説いたのだ。名号《みょうごう》とは名乗り叫ぶことなのである、名の叫びなのだ、おまえがた、子どもができたら、お父さんだよお母さんだよと言うわね、あなたの親であるぞ、あなたの親であるぞ、全身全霊であなたを抱きとってやるぞと言うわね、お父さんだお母さんだと名乗るはわが名を呼べということぞ、そして、わが名とともにあなたにわが命が至りとどけ、わが想いが至りとどけということぞ、人間の命は、命から命へ、赤い血を受けつぎ、骨と肉を受けつぎ、大事に大事に守られてきた、その命が私のところに来ているのである、おまえのところに来ているのである、これはただごとではない、おまえの命も、私の命も、母親から、父親から、ご先祖から、遥かな昔から、くりかえしくりかえし大事に受け渡されてきた、これはただごとではない命なのだ、この命をまた次の命に受け渡すには、私ひとりではどうにもならぬ、おまえひとりでもどうにもならぬ、もうひとつの命と出会わねばならぬ、もうひとつの命を呼ばねばならぬ、命と命が交わらねばならぬ、これは難しいぞ、不可能かもしれないぞ、自分ひとりでは不可能だ、不可能だ、不可能だ、確か説教師はそう言ったように思うのだが、説教師の声をなぞりながら私も声をあげて語るうちに、これは説教師の声なのか、自分がおのずと発している声なのか、わからなくなってきた、いや、わからなくてもよいのだ、声が声を呼ぶのだ、さあ、おまえの命の名を叫べ、全身全霊であなたを受け止めるぞと、全身全霊であなたを抱きとってやるぞと、もうひとつの命の名を呼べ、おまえの声をもうひとつの命の真っただ中に注ぎ込め、その叫びが私の胸にじんじんとしみいるぞ、しみてしみて底までしみて、底の底から心が震えるぞ、私は生かされるようだ、ただごとではない命となるようだ、名前を叫べ、命の名前を呼べ、その声で、なもあみだんぶー、なもあみだんぶー、なもあみだんぶー、なもあみだんぶー、……、

私は、男に、本当に生きたいのなら、救われたいのなら、みずからの名を叫べ、そして私の名を呼べと言うだろう、安寿を殺せ、ひとおもいに殺れと囁くだろう。男はもう身を震わせない、ぴくりともしないだろう。男に向かって、私は私の名を叫ぶだろう、男の名を呼ぶだろう。私の叫びは、穴のない男の耳に、ぎりぎりと穴を穿って、男の血に染まるだろう。男は耳から血を流しながら、生まれて初めておのれの名前を叫ぶだろう、無数の安寿たちに摑ませるばかりだったその中指を私の胸深くに突き立てるだろう、私の血にまみれた声で私の名を叫ぶだろう。私は靴を脱ぎすてるだろう。

こよなく愛する　「説経　愛護の若」異聞

「思いもよらぬ花を見て……」

私は緑の黒髪の継母である、
こよなく継子を愛する美しい継母だ、
本当の母が本当の子を蝶よ花よと愛するなどというのは、あまりに世間並みでつまらない、
なのに、その世間並みを、本能などとっくに壊れているモノどもがことさらに言い立てるのは、
ひどく道徳的で暴力的なことだと、私のような本能にきわめて忠実な女は感じるわけで、
つまり、
愛というのは、
血のつながりとは無縁のところでこそ育みがいもあるものなのです、
無縁の世界に愛が芽生えて、境を越えて、世間並みの壁を叩き壊して、相交われば、そこには、
ほら、愛の新世界が花開くでしょう、
とはいえ、世間というのは恐ろしい、
私は世間のお約束どおりに継子をいじめなかったばかりに、この世から追われることになるのです、

「これはさておき」

継子の名は「愛護の若」という、
動物愛護週間、というときの、あの「愛護」だ、愛され護られる若君だ、
私はこの人形のように美しい少年に恋をした、恋文を送った、
おまえを愛している、愛している、どうか私に触れてほしい、
少年は愛を恐れた、なぜなら誰にも愛されたことがなかったから、
セルロイドの人形のように、誰からも弄ばれるばかりで、
少年のうつろな体は自分のものではない日替わりの欲望で溢れんばかりで、
そのほかのことを少年は知らなかったのだ、
人は誰も人形には安心しておのれの本性とか欲望とかを見せるものでしょう、
人形はそうして人間らしくなっていくものでしょう、
しかし私は継母だ、実の母ほど欲深くはない、実の父ほど自己チューではない、
継子よそもの土人シナ人移民難民植民地の民、琉球・朝鮮には家を貸さぬ、犬と支那人は公園には立ち入るべからず、とばかりに、見慣れぬ気に染まぬ一切合財を、素知らぬ顔の、上から目線

でいたぶる世間の者ほど私は俗物ではない、

「いたわしや、愛護の若君」

事の次第はこういうことでありました、
血のつながる者たちの禍々しい欲望から愛護を引き離さんと、私は家宝の剣を盗み出して、その濡れ衣を愛護にかぶせたのです、
欲でつながる親との縁を断ち切るにはそれで十分、この世では富と権力を握りしめている者ほどケチくさい、
ご立派な父君は、おまえなんか死んじまえ、と、いとも無惨に若君をお屋敷から放り出す、しなしなへタレのかよわい愛護は、この世で二番目に偉いお坊様である叔父様のもとへと逃れていく、この世の高みのあの山の上の大伽藍のお寺に行けば、きっと救われる、と、世間知らずの切ない心、いたいけな少年がひとり、真っ暗闇の山道をまろびつころびつ、魔物、妖怪、天狗に怯えて、泥にまみれて、くたびれ果てて、立派すぎる寺の山門を頼りないこぶしで叩いて、愛護です、愛護でございますぅぅぅ、ぐしゃぐしゃに泣いて叫んで助けを求めたというのに、このお坊様が言うことには、おう、おう、わが甥ならば、立派な馬に乗って、たくさんの供を引き連れてやって

くるはず、あれは愛護ではない！　お坊様の濁った目には少年の姿は映らない。稚児たちを侍らせて、ああ、ああ、あれはもしや愛護を騙る天狗に違いない、ええい、めったに打ちのめせ、と、ここまでずたぼろにされれば、さすがに空っぽの人形もその身に怒りが満ちる、赤い血が煮えたぎる、それは人形の体に流れた初めての熱い血ではないか、

少年はめらめらとわが指先を噛み千切るだろう、指先からほとばしる赤い血で、くそくらえ、おまえらなんかと一緒に生きていたくはないわ、お先に失礼、さようなら、そう書き捨てて、底なしの滝壺に飛び込むだろう、

私はこの日を待っていた、愛護は水に抱かれて沈んでゆく、だんだん水に溶けてゆく、私に抱かれて本当の命に還ってゆく……、

「世の中のもののあわれはこれなり」

つまりはこういうことなのだ、

実の父が愛護を屋敷から放り捨てたそのあとに、すべてはこの継母の企みであることが明らかになったのである、

愛護の父は、私の夫でもあるというのに、考える間もなく、家来に命じて私をがんじがらめの簀

巻きにして、屋敷のそばの川に沈めた、
ええ、私は継母ですからね、世間も、ああ、それならば仕方ない、と、いとも簡単におっしゃい
ます、ええ、ええ、そういうことなら、この世の人身御供にもなりましょうよ、人身御供になっ
たからには、魔にもなる、神にもなる、
この世のみなさん、私を池に沈めてくれてありがとう、
水に還してくれてありがとう、
おまえたちは知らないんだね、この世の水は、すべてつながっている、
いまは昔、陸奥のある村にひとりの哀れな女がおりました、
大洪水から村を救うためにと、その名もいかにも美しい、桜が淵に沈められた、遊女だから、身
寄りもないからと、人身御供に選ばれた、
女はその理不尽にのたうちまわる、
体はやがて九万九千の鱗に覆われて、見るも恐ろしい龍神に化身する、
龍神は九百九十九年の間、桜が淵に渦巻くこの世の理不尽に苦しんで苦しみ抜いて、ついに、千
年目に、まことの神になるのです、
水はこの世のすべての苦しみ悲しみを千年かけてのみこんで、千年かかってよみがえるのです、
この大地の下にもごうごうと川が流れている、湖もある、海もある、
地下水脈をたどって龍神は、人々の絶望の淵に姿を現すことでしょう、

陸奥の哀しみの海辺にも、肥後不知火《しらぬい》の苦しみの渚にも、その姿を現したことでしょう、
ええ、ええ、この継母のことを申すならば、私が簀巻きにされて投げ込まれたのは、京の都の小さな川です、継子の愛護が飛び込んだのは比叡山の険しい滝壺です、
もちろん、ここあそこもさらさらとつながっております、
水に還った私はどこへでも流れていきます、
千年万年いつまでも、変幻自在、あまねくこの世にしみわたる、流れる水の私は、神なのである、
よみがえる命なのである、

「げにことわりなり」

流れる水の話はさらさらと、ヤマトから琉球へと流れゆきます、
琉球に斎場御嶽《せいふぁうたき》という聖なる地がございます、
と語る私の口を不意に詰まらせるのは、そこのおまえだろうか、たったいま、おまえは確かにこう思っただろう、いまのいままでいかにもヤマトの昔語りをしていながら、なにをいきなり琉球の話なのかと、
水に向かってそのような愚かな口を利くものではない、流れる水にヤマトも琉球も支那も蝦夷も

朝鮮もあるものか、日本もアメリカもイスラエルもパレスチナもロシアもイラクもシリアもキリストもアッラーも王も奴隷も支配も服従もグローバルもローカルも真ん中も辺境も我も汝も犬も豚も糞も蠅も蛆もあるものか、そこにはただ生きとし生けるものたちの世界があるだけだ、

そして話はひたひたと、琉球の聖なる地、斎場御嶽に流れつく、

そこには聖なる水がある、

大きな窟の天井から、鍾乳石が二つ垂れさがる、垂乳根の豊かな二つの乳房のようだ、やわらかな石の乳首から、ぽたーり、ぽたーり、したたる水はすばらしく無垢なる水、この清らな水を額につければ、ほら、第三の目が開く、神々の世界への道が開ける、

いや、言葉には気をつけなければいけません、神々の世界などというと、いいように誤解をする輩がこの世にはうじゃうじゃおります、そうね、こう言いなおしましょう、

聖なる水を額に受けるとは、目には見えない命のざわめきに触れることである、

神々の世界とは水とともにある命の世界なのだ、すべての命が神なのだ、斎場御嶽のしたたる聖なる水は、この世のすべての命につながっている、つまり私とつながっている、あなたとつながっている、私もあなたも同じ水なのだ、同じ命なのだ、

これをあなたはレトリックだと言うのだろうか、この世をめぐりめぐって、あなた自身の体にも流れ込むすべての水に向かって、そんなのは屁理屈だ、まやかしだと、鼻で笑うのだろうか、

だが、なによりいまは、斎場御嶽の話である、

あのとき斎場の水は観ていたのです、
海の上からは猛烈な艦砲射撃だった、空からは嵐のように鉄の火の玉が降ってきた、
さあ、あなたならどうする？
命の本能を亡くしてないならば、きっと水のほうへと駆け出すだろう、命の源をめざしてゆくだろう、
しかし、まことに残念なことでした、
ヤマトの軍隊がきっと守ってくださると、水を持たない軍隊のあとを追って、さらに激しく火の玉降りそそぐ地へと迷い込んだ者たちのどれだけ多かったことか、
あのとき、斎場御嶽へと、聖なる水の地へと飛び込んできた者たちは、すべて救われたのでした、

「いかに　なんじら　たしかに聞け」

私は継母である、
私は人身御供である、
私は水である、
私は命である、

この世には百八の苦しみがある、
人々は苦しみの真っただ中にあるというのに、生まれる前からその中にあるならば、それを苦しみとどうして知ることができようか、
愛護の若よ、おまえも生まれたときは人間であった、なのに、どうして空っぽの人形になってしまったのか、
いつから力まかせに欲望する父にひれ伏したのか、
どうして血のつながりを盲信する母の欲情ばかりを信じたのか、
おまえはなぜに愛され護られるばかりの無力な存在にみずからを貶めたのか、
私は継母である、
愛護の若の継母である、
この世のすべての継子の母である、
すべての継子の人身御供である、
私は水である、命である、私は知っている、
千年も万年も昔から、いつでもどこでも理不尽に生きて不条理に死にゆく者たちは、たとえそれこそが幸せと信じ込んでいたとしても、きっと、ただ一言、
「水をください」
われ知らず、小さな叫びをあげたものなのです、

愛護の若よ、おまえもさぞ渇いていることだろう、喉もひりひり灼けつくばかりだろう、
さあ、飛んでごらん、命の水へと飛び込んでごらん、
おまえのその父を捨てよ、その母を捨てよ、血の囚われをかなぐり捨てよ、おまえのためにと真実を名乗る者、正義を名乗る者、愛を名乗る者を振り捨てよ、おまえを真綿のように包み込む百八の苦しみに目覚めよ、苦しみを悦びにすりかえるこの世の欲望欲情に目覚めよ、目覚めよ、目覚めよ、私は継母なのである、おまえたちはみな、この世のいわれなき継子なのである、さあ目覚めよ、さあさあさあさあ、水のほうへ、さあさあさあさあさあ、本当の命のほうへ、さあ、

私はおまえをこよなく愛する。

恨九百九十九年

哀れなるかなさよ姫は、慣らはぬ旅のことなれば、
足の裏よりしたたる血は、道の真砂も染めわたる。

――説経「まつら長者」より

ぐさりと光が刺すんです。バリバリッと、引き裂かれるように開くんです。年老いた、まことに身勝手な男の、長年闇の中にあったその盲いた目がバリバリバリッと！

何が身勝手かって、男には孝行娘がいて、娘は男の目を開けるために、荒波を越えて旅する船が竜王に捧げる人身御供にみずから名乗りをあげて、身売りの代の白米三百石を寺に納めて開眼祈願、なのに、この男は……。

ええ、これは朝鮮の話です。脈々と口から口へ、道から道へ、境から境へ、旅する者たちが語り継いできた物語です。

さて、朝鮮の港から南京へと向かう船人の、「年は十五にて、眉目よく、五体満足の、身を粉に尽くす孝女をば、高い価に求めましょう。身を売る人は居らぬや」と叫んで歩くその声を聞いて、渡りに船と娘は大いに喜んだ。白米三百石で身を売るとみずから申し出た。白米三百石を寄進すれば、父親の目が開くよう仏様にお願いしてやると、孝行娘の一途な心に火をつけた、これまた欲の皮の張った坊さんがいたのです。

坊主と言い、父親と言い、まったく、この凡俗どもは……。

坊主に仏を動かす霊力なく、盲目の父親の生きざまには根も葉も芯もなく、父のために命を捧げた孝行娘の評判が立てば、人々は娘に敬意を表して哀れな盲目の父に金品を施す、父はそれを女につぎこみ、女に騙され、それでも懲りずに、また女の甘い声に誘われて、ふらふらっと。そう、ふらふらっとね、人間だからね、凡人だからね、仕方ない、そもそも娘のほうが尋常じゃないんだからね、坊主の仲立ちなんて、ほんとは不要、自分ではない誰か何かのために命を差し出す、そんなことが考えなしにできるのは「しるしつき」の証、本人が知ってか知らずか、この世をバリバリッと生まれ変わらせる、そんな力を秘めた者なのだから。

というわけで、ざっくりと事の次第を語りましょうか。

竜王への捧げ物となって海に身を投げた尋常ならざる娘は、天帝によって救われる。竜王に客分として預けられる。娘は竜宮で「アッ」という間に三年過ごしたそののちに花の蕾の船に乗って地上に戻り、地上の王国の妃となる。妃は、三年前に生き別れた盲目の父を探し出すために、国じゅうの盲人を王宮に招いて「盲人の宴」を延々催す。妃は宴で父の名を呼ぶのである。娘が人身御供になったというのに欲望のままに生きてきた凡庸なる父はおそれおののくのである。そして妃が娘と知ったその瞬間、バリバリッ、おお、見える、見える、神々しい娘の顔が見える、バリバリバリッと、人の世の闇にふさがれていた父の両の目が裂けて破れて開くのだ、光に目を貫かれた父が王宮の宴の場にいた何百というめくらどもを見ると、バリバリバリッ、次々にみんな目が裂けて開いていくのだ、三か月前に盲人の宴にきためくらも、帰りついたわが家で目が裂けて開くのだ、バリバリバリッ、これから宴に向かうめくらも道中で目が裂けて開く、寝そべっているめくらも、立っているめくらも、怒っているめくらも、泣いているめくらも、笑っているめくらも、目覚めているめくらも、うたた寝しているめくらも、バリバリバリッ、目が裂ける、目が開く、挙句の果てに鳥も獣も草も木も石も水も火も土もバリバリバリッ、一斉に目が開く、突然に世の中すべてが明るくなる、見えないことがなにひとつない世の中になってしまう、これはとてつもなく恐ろしいことだ。

ほら、見てごらん。こじあけられて、この世のすべてを見せつけられた目からは、たらりたらり、赤い血がしたたるではないか。したたる赤が新しい世の絵図を描き出すではないか。思えば、すべての目が裂けて開いて血を噴き出すまで、誰かが代わりに血を流していたのではなかろうか。私の目が裂けて開いて、見えないものが見えるようになるまでには、私のほかの誰かの血が絶えることなく流されていたのではなかろうか。絶え間なく流される誰かの赤い血は、この世のすべての人間の生と死の物語の余白に流れ込んでいるのではなかろうか。千年も万年も前から、人間の生と死のはじまりとともに、くりかえし訪れる人の世の終わりとはじまりとともに、いまもずっと、おそらくきっと、千年先も万年先も、人間の物語に赤い血のしたたる。

でもね、私の目はまだ見えない目だから、せめて血の匂いをたどっておずおずと、血が指し示すほうへ、もうそこにあるはずのはじまりのほうへと、歩いていこうと思ったのです。この夏のことでした。血の匂いは、福島へ行けと私に教えた。すぐにでも行こうとした。でも、時機ではなかったのでしょうか。なにかの罰が当たったのでしょうか。私は不意に見えない何かにがくんと躓いて、どうしても起き上がれない。躓いて自分が流したほんの少しの血に震えているようでもある。

私は血に怯える一匹の罪深い獣のように丸くうずくまって、妄想しました。血の匂いに誘われた福島への旅を、もうひとつの人身御供の物語への旅を……。

その昔、奈良の壺坂にさよ姫という名の孝行娘がおりました。壺坂と言えば、自分ではない誰かのために命懸けで祈って、誰かのために断崖絶壁から身を投じたならば、見えない目を開いてくれるというありがたい観音様のいらっしゃるところ。その壺坂で、三歳で父に先立たれたさよ姫は、身を売ってでも親の菩提を弔うのは大善との興福寺の僧都の言を真に受ける。そして、父の十三回忌を盛大に執り行うためのお金と引き換えに、「見目よき姫のあるならば、価をよく買うべき」と呼ばわる声にみずから名乗りをあげる。そう、見てのとおり、この娘も尋常ではありません。しかも、人買いの人知れぬ目的は、奥州陸奥の国は安達の郡の八郷八村に、人々の安寧のための人身御供を連れ帰ること。人身御供を捧げる期日が迫っているから、奈良から奥州安達の郡までの百二十日の旅の道のりを、人買いは休む間もなくさよ姫を歩かせる、休もうとすれば杖でメッタ打ちにする、たらりたらーり、さよ姫の足から血がしたたり落ちる、ほら、見えるかい？　道は血の色、血の匂い、人の世の物語の道は赤い血の道、たらーりたらり、ようようたどりついたは、しののめ早く白河や、二所の関とも申すらん、道のこずゑも見も分かず、したたる血の尽きぬ間に、はるかの奥州日の本や、陸奥の国安達の郡に着きたまふ。

陸奥の国安達の郡の八郷八村とは、いまの福島、二本松あたりです。そこには「さくらが淵」という不気味な淵があった。その淵には、九百九十九年もの間、唸りをあげて大波大風を引き起こし、火を吐いて生贄を喰らって生きる大蛇がいた。大蛇は九万九千の鱗に身を包まれていた。日々の安寧を願う人々は大蛇に「見目よき姫」を一年にひとりずつ差し出します。さくらが淵が「見目よき姫」の血で美しい桜色に染まったならば、世は安泰。それがこの世の無惨なからくり。年年歳歳、またひとり、もうひとり、大蛇はついに九百九十九人の生贄を喰らった。あとひとりで千人だ。あとひとりで千年だ。

「千」とはつまり「永遠」の謂いなのだ、と言ったのはボルヘスです。アラビアン・ナイト＝千夜一夜物語とは、果てしなくつづく物語なのだ、語りつづけなければ殺される、そんな運命のもとにある語り手が、生き抜くために果てしなく語りつづける物語なのだと、たぶんボルヘスは言った。

ならば福島の、いや、安達の郡の八郷八村の、さくらが淵の者たちにとっても、大蛇にとっても、「千」は永遠なのだろうか。

さくらはらはら日の本の陸奥国安達郡八郷八村の者たちは、そこが福島、フクシマ、FUKUSHIMAと呼ばれるようになっても、そのうちその名を呼ぶ者すらいなくなっても、永遠に喰われつづけるのだろうか。

安寧を願う心は、永遠に桜色に染まるばかりなのだろうか。

人間どもの安寧のために、大蛇は永遠に人間を喰らいつづけるのだろうか。

そんなことに悠長に思いをめぐらしている間にも、大蛇の前に千人目の人身御供が現れる。

でも、「千」は特別な数だから、きっとただでは「千」にはならぬ。

なりゆきでおのずと「千」にするわけにはいくまいよ。


千人目は大蛇に尋ねることだろう。

大蛇よ、人間は旨いか?

大蛇は水を蹴立て、水を巻き上げ、赤い火焰樹の舌をちろちろとさせて答えるだろう。

馬鹿を言え、人間の旨いはずがあるものか。人間はにがい、えぐい、生臭い。人間を喰らうたびに、激しい後悔が吐き気とともにこみあげてくる。それでも喰わずにおれぬのは、この蛇身ももとは人間であったからなのだ。遥かな土地で人買いにたぶらかされて、物のようにかなたこなたと売られきて、ついには陸奥の安達の郡の八郷八村の、架けても架けても流される橋を見事に架けるための最初の名誉の人身御供とされて、川に沈められるそのときに、わが身に必死の祈りをかけたのだ。

「われを沈むるものならば、丈十丈の大蛇となりて、この川の主となり、この在所の者どもを取っては服し、取っては悩まさん」

千人目は大蛇に言う。

なるほど、おまえが、このさくらが淵の主か、この世の主か、人間はおまえなしにはまわらぬ人身御供の世をつくりだしたのか。

大蛇は十二もの角をふりたてて答えて言う。

わが祈りは人間どもには祟りである、祈りはわが身には呪いである、人間の血肉をどんなに喰らったところで恨みは晴れぬ。真っ赤に祟る蛇身の九万九千の鱗の下では、九万九千の恨みの虫がしゃくしゃくとわが身に喰らいつく。痛い苦しい狂おしい。この世の主はこの虫どもなのではないか。目には見えぬ恨みの虫どもの蠢きが、この世を果てしなく突き動かしてゆくのではないか。

千人目は三たび大蛇に尋ねるだろう。

大蛇よ、おまえも救われたいのか？

大蛇は答えるだろう。

救われたい。命を懸けても救われたい。

千人目は答えて言うだろう。
私も救われたい。命を懸けても救われたい。

あのね、誰かが御親切にも通りすがりに教えてくれたんですけどね、誰よりも救われたい、生きても死んでも死に物狂いで救われたい、その思いの極致がカミ・ホトケなんですって。誰よりも救われたいから、真っ先におのれを救わないのがカミ・ホトケなんですって。で、思いも極まりすぎると、私はあなたで、あなたは私みたいなことになってしまって、自他の区別も消え失せる、そんな愚かな境地に達するまでには千年はかかるらしい、そんな愚かなカミ・ホトケに会ってみたいものだ、会えばすがりついてもみたいものだ、すがりつけば、私はあなたで、あなたは私だから、私もおのずとカミ・ホトケなのかしらね、と、そんな虫のよいことばかりを思うほどにカミ・ホトケは私から遠ざかって行くようで、なんだかとても恨めしい。そうさ、「私」というやつは、どいつもこいつも厚かましくも恨みがましい、ちっ、「私」なんか、「おまえ」なんか、九万九千の虫に喰われて消えちまえ。

さても、この世の何度目かの千人目として、福島はさくらが淵にやってきた尋常ならざるさよ姫は、この世の何度目かの最初の人身御供であった大蛇のために、恐れることなく法華経の龍女即身成仏の御ことわりを誠心誠意読みあげたと言います。さよ姫の時代は、まだだいぶのどかな時代ですからね、時代自体がまだそれほどに手練手管に長けていない。カミ・ホトケも脈々と息づいていた。だから、さよ姫が、この経をいただけ！　と大蛇に経巻を投げあたえ、同時に経巻で蛇身を上から下へ、下から上へ、その手のぬくもりとともになでさするならば、見てごらん、はらりはらり、十二の角が抜け落ちる、はらはらはら、九万九千の鱗が散り落ちる、とろとろとろり、九百九十九年の恨みが溶けて消える。終わった、終わった、はじまりだ、終わればはじまる、はじまりのはじまり、ぐるりひとまわりして、ああ、いまではみんな賢くなっちゃって、カミもホトケもないままに、また恨九百九十九年の歳月がはじまるんだね。

ほうら、あのさくらが淵にたらりたらり血の匂い、
もうはじまっちゃったんだね。

旅するカタリ　八百比丘尼の話

前口上

試みに女・旅・語り、と言葉を三つ並べてみれば、たとえば、こんな情景が浮かびます。雪の中を、笠をかぶって、杖をついて、うっすらと目明きの女の肩に手をのせて、三味線を背負った盲目の女がひとり、その後ろにもうひとり、やはり盲目の女が前の女の肩に手をのせて、三人の女がしんしんと歩いてゆく。

実際にその姿を見たことはありません、いつか見た、写真に残された越後の高田瞽女《ごぜ》の旅の日々が、カセットテープで聴いた彼女らの唄声と合わさって、なぜか切なく懐かしく想い起こされるのです。

「母は信太《しのだ》へ帰るぞえ、母は信太へ帰るぞえ」

人間に化けて人間の男と縁を結んだ千年白狐「葛《くず》の葉《は》」は、ある日うっかり狐の正体を現してしまい、もはやこれまでと畜生の世界へと戻ってゆく、たった七つの子を残して狐の棲み処の信太の森へと帰ってゆく、その子別れの場面のせつない言葉、この唄を聴くたびに、瞽女が訪ねた村々の女たちは涙したのだと、私たちはすっかり忘れてしまったけれども、かつて子というのはなかなか無事に健やかには育たなかったものなのだと、育った子との生き別れもそう珍しいことではなかったのだと、これも人伝て、文字の記録で知ったことで、それをわが身でひしひしと感じるには、私にはまだきっと旅が足りない。この唄に女たちが託した思い、歌を聴き、物語を聴くひとりひとりの中に生まれたそれぞれの「葛の葉」の物語をありありと感じ取るには、もっと旅が必要。

あるいは、こんな情景も浮かびます。

伊勢へと向かう山あいの道、旅人たちが、旅の女芸人たちとすれちがう。女たちはうたっている。

「夕べあしたの鐘の声　寂滅為楽《じゃくめついらく》と響けども　聞いて驚く人もなし　花は散りても春は咲く　鳥は古巣へ帰れども　行きて帰らぬ死出の旅」

これは確か映画「大菩薩峠」で見た一シーンです。女たちとすれちがうのは、市川雷蔵扮する机龍之介です。ただ、女たちが確かにこの歌をうたっていたのかどうか、私が記憶を書き換えたかもしれません。南無阿弥陀仏と唱えていただけかもしれない。この歌は「間《あい》の山節《やまぶし》」といって、そもそもは伊勢の勧進巫女《かんじんみこ》がうたっていた歌念仏です。渺渺《びょうびょう》と風吹き埃舞う道をゆく遊行《ゆぎょう》の女たちの歌。映画の中の女たちは若くて髪も長かったように記憶しているのですが、遊行の女たちの多くはきっと比丘尼《びくに》姿であったり巫女だったり、かたわらには山伏がいたり、ただうたうだけではなく、占い、まじない、祈禱をやったり、たとえばどこかの村の誰某の家で不幸がつづいて山伏が呼ばれる、山伏が何か祈禱の祭文を読み上げれば、連れだってやってきた傍らの比丘尼に神が降りる、神が言うことには、この家の庭の北の角の楠を切り倒しただろう、あの木は神の棲まう木だった、すぐにも神を祀って怒りを鎮めよ、祠を建てよ……、と、そんな風景をまるで見ていたかのように想像するのは、ここ数年の旅の賜物とも言えましょう。

とは言え、この世には、旅をして骨身にしみて感じ取らないとわからないことが、まだまだたくさんある。

さて、「ここ数年の旅」と言いましたのは、「山椒太夫」ゆかりの地を日本各地、丹後由良、新潟、佐渡、津軽、福島と訪ね歩いた旅のこと。日本各地に安寿伝説があることの不思議に誘い出された旅でありました。

そうして歩いて歩いてじわじわと分かってきたことのひとつを、ざっくりと言うならば、日本の風土の中に息づいていた無数の小さな神々、名もなき神々と「語り物」との関係や、その神々と関わりの深い民間の宗教者たちの存在がだんだん見えてきたということ。どうやら、かつて人々の暮らしの中で、修験や歌比丘尼、歩き巫女といった遊行の民の存在感は、いま私たちが思う以上に、いや、近代社会に生きる私たちには想像もできないくらいに大きかったらしいと、だんだんいやでも気づかされるのです。そこまでくれば、神と民と旅と語りの深い関係が、明治維新を境にすっぱりと断ち切られ、本当にアッという間に忘れ去られたという、恐ろしい事実にも気がつきます。

世俗の近代化と同時に、人間の手で「神々の近代化」をも敢行した明治の世、そのとき土地土地の、村々の、家々の無数の小さな神々とともにあった人々の記憶もまた、権力を持つ者たちにとっては使い途のない神々とともに処分されることになる。処分する側の言い分によれば、中央集権化された神々の秩序の中に収まらぬ「淫祠邪教《いんしじゃきょう》」の始末ということでありましょう。

こうして、中心に権力を置くヒエラルキーとは無縁のところで、誰かの権威で裏づけられる本当も嘘もなく、ただ道に結ばれて、声に結ばれて、風土に育まれて、人と人の間に神々も記憶も物語も漂うように存在していた時代は瞬く間に遠い昔の話になったのでしょう。

なるほど、近代のはじまりには、盛大な神殺しがあったのだな、それは記憶殺し、物語殺しでもあったのだな、と私は旅の空の下で、つくづくと思ったのでした。それが二〇一六年のこと。そして、そのとき私は、ここまでたどり着くのに二十年近くもかかってしまったこと、それだけの旅が自分には必要だったということに茫然とし、愕然としてもいたのでした。

そう、ようやくここまでたどりついたとき、私は二十年ほど前に森崎和江さんからいただいた一冊の本『海路残照』を、ふっと思い出して再読したのです。これは、人魚の肉を食べて不老長寿の運命を生きることになった「八百比丘尼《やおびくに》」伝説を追いかけたものです。

伝説を追う森崎さんは、椿咲く海辺を旅しながら、同時に産小屋はどこかと訪ね歩く。かつて、女たちが子を産むために海辺や村境に建てられていた産小屋をである。それは命に思いをめぐらし、命の源へとさかのぼる旅でもあり、明治以降の近代化された神々の下に封じ込められているものたちへと向かう旅でもある。命を孕む女という存在を愛おしんで想いつづける旅でもある。

この本をいただいたとき、私は森崎さんとともに北九州の海辺を歩き、海女の話を聞き、海辺の命の話を聞き、産小屋のことも聞き、近代が覆い隠したものを知るために記紀を読み直す勉強会をしているといった話まで聞いていました。でも、残念なことに、森崎さんがいったい何を私に伝えようとしていたのか、そのときの私にはわからなかった。そのことを二〇一六年になって思い知ったのです。わかっていなかったということすら、二〇一六年になるまでわからなかった。なにより、ここまでこなければ、『海路残照』に記された森崎さんの旅の意味を摑みとることもできなかったということに、私自身がひどく驚いたのでした。

この世には旅をしなければわからぬことが無数にある。本当に大切なことは、旅の先に待っている。長い旅をして、ようやく出会って、つながったときに、そのつながりは未来へと延びてゆくだけでなく、かつてはつながりそこねた過去にものびてゆくものなのでしょう。

二〇一六年秋、『海路残照』を手に、八百比丘尼がそこで生まれ、長い長い旅の果てに遂に海辺の洞窟に入定《にゅうじょう》したという伝説が語り伝えられている福井、若狭を旅しました。椿の杖をついて旅したという八百比丘尼の伝説のあるところには、椿の花が咲きほころぶ、そこは必ずや明治以前は修験の修行する山であったりもする、そして、そのことをその土地の人々のほとんどは既に忘れている。そうやって、森崎さんの歩いた跡をたどりつつ、自分なりのささやかな新たな気づきも重ねつつ旅したのちに、一片の物語を書きました。

題して「八百比丘尼の話」。

伝説を踏まえながらも、森崎さんに出会って、『海路残照』をいただいてからの二十年の私の旅の足音が入り込んでしまったかのような物語です。これもまたこの世に数多あるさまざまな「八百比丘尼」伝説のひとつとして聴いていただけたらと思っています。

そう、読むのではなく、このテクストは聴いてほしいのです。

いま、ここに置く「八百比丘尼の話」のテクストは、二〇一七年一月七日に、実際に、「旅するカタリの夜」という場において上演されたものです。

浪曲師、祭文語りという、遊行の民の末裔の芸能者たちがその演じ手となりました。語りの声、三味線の音が開く異界には、地を這い、宙を舞う、語りの魂のようなナニカも現れた。

実際の舞台は、youtube にて「八百比丘尼の話@馬喰町 ART + EAT by やたがらす組」で検索をかければ出てきます。

でも、その前に、どうぞ文字の間から立ちあがる語りの世界へ。

長い長い前口上となりました。いよいよ開演でございます。

八百比丘尼の話

作　姜信子
語りと唄　玉川奈々福（浪曲師）
唄と三味線　渡部八太夫（祭文語り）
舞踊　堀川久子（舞踊手）

唄

赤い椿　白い椿　玉椿
たらあり　たらり　さまよう旅の細道に　したたる赤い　血の花が咲く
赤い椿　白い椿　玉椿
ゆらあり　ゆらり　ただよう旅の闇の世に　真っ白な　嘘とまことの花が咲く
赤い椿　白い椿　玉椿

ぼろうり　ぼろり　はてない旅の哀しみに　荒魂の玉の涙の花が咲く
赤い椿　白い椿　玉椿
くるうり　くるり　咲けば散ります　散れば咲く　めぐるこの世の花の唄

うた、ひとつ、たえだえに、きれぎれに聴こえる夜は、ほら、深い闇の彼方からなにかが道をやってくる。

みなさま、ようこそ、こんな闇夜の、こんな場末に、よくもまあ、お集まりくださいました。物語さきわう場には人間ならぬ者どもも、声に呼ばれて姿を現すという、もしや、もうその先触れが舞い降りているやもしれません。

さてさて、これから語り申すは、人魚の肉を喰らった女の物語。女の名は、八百比丘尼という。「はっぴゃく」と書いて「やお」と読む。八百万の神々という時の、あの八百でございます。いったい、この八百比丘尼も、神々のような霊力を持つのでしょうか。

人魚の肉は神秘の肉、心がとろけるほどに旨いと申します、人魚の涙は心を惑わす媚薬だと申します。海で人魚を捕まえた男たちは、ここぞとばかりに人魚の体をペロペロペロと舐めたものだといいます。

人魚と人間が関わったならば、いったいどんな災いが起こることやら……。

たとえば、こんな話もある。

それは、遠い昔、遥かな南の島でのこと。

ヌバリィという村のファナンという浜でひとりの男がしゃーしゃーしゃーと包丁を研いでいた。まな板の上には女がいた。女はじっと横たわっている。いや、それが女なのか男なのか、本当のところはわからない、なぜなら下半身は大きな尾びれの人魚だから。

ところが、とかく世の人々は、人魚と言えば、女にちがいないと決め込む。人魚というやつは、唄をうたっては人を惑わす、不吉な予言をころころと吐き出しては人を震え上がらせる、まことに悪い女だと、したり顔で申します、しかも、そういうことを考えなしに真っ先に言い出すのは、いつも、男。そうやって不穏も不吉も不義も不信も不浄も不貞も常ならぬものはすべて女のものとなる、世にも恐ろしいものは、ばさりと斬り捨て、ずたずたに切り刻んで、血もしたたる肉にして、喰ってしまえば、もう怖くない、そうだ、女など喰ってしまえばいいのだ、喰われれば悦ぶ肉が女なのだ、と男は言う。

そのとき、まな板の上の人魚がおろろんおろろん、海鳴りの声で告げたのです。私は海底の竜宮の使いである、私をいますぐ海にもどしなさい、言うことを聞くなら、おまえの命ばかりは助けてやろう、驚いた男は咄嗟に包丁を放り捨てて、人魚をぐいぐいと海に沈める、暗い海底から人魚の声がうわあんうわんと響いてくる、「明朝、朝陽とともに、この世は大津波にのまれるだろう、この世は滅んで、やがてまたはじまるだろう、この世のはじまりを見たくば、いますぐ舟を出せ、おまえとともにはじまりを生きる命たちを舟に乗せて、この世の島々のいただきをめざしてゆけ」。男はどうやら人魚の言うとおりに船出したようなのでした。その証拠に、男は一冊の『はじまりの書』を残した。たったひとりのはじまりの人となって、神のごとくにこの世の高みに降り立ったのだと、ぬけぬけうそぶく言葉を文字に記した。そう、ぬけぬけとね。まるで人魚などこの世には存在しなかったかのように。ともに舟に乗った無数の命などなかったかのように。

あれからずっと海は、おろろん、おろろん、

　返してください、私の声を、

盗まないでください、私の記憶を、

閉じ込めないでください、私の命を、
　その文字の中に。

男によって盗まれた「はじまり」を、もう一度はじめなおすために、何度でも、人魚はまな板の上に身を横たえるでしょう、おろろん、おろろん、

たとえば、こんな話もある。
これもまた、遠い昔のお話。若狭の国のとある海辺でのことでした。ここにも、まな板の上に人魚がひとり。しかも、若狭の人魚はいったい何を思ったのか、男たちにみずからの料理法を教えるのである。そう、まな板の上の人魚が、おろろんおろろん、海鳴りの声で告げるのである。さあ、その出刃包丁を振り下ろして、私の頭をストンと落としなさい。落とした頭はぐしゃりとつぶしてお出汁にすれば、美味しい海のおつゆ、命のつゆができあがるよ。柔らかなこの肉はすーっと三枚におろして、火で炙りなさい。フグ刺のように、さらさらと、透きとおるほどに薄く削いでいきなさい。そして、深い深い海の底から時を越えてやってきたこの私の命を、おまえたちの娘に喰わせなさい、おまえたちの妻に喰わせなさい、私の命を喰らった女たちはこの世の男どもが身震いするほどに美しくなりましょう、いつまでも若くありつづけましょう、そんな女を妻

や娘に持つおまえたちはどれほど幸せであることか……、

人魚のとろける言葉を聞いた男どもはにたりと笑う、海の命を持ち帰る、やがて訪れる幸せを思えば、身も心も宙を舞う、男たちは素知らぬ顔で、娘に、妻に、海の命を喰わせるのです。しかし、男というのは、なんと想像力に欠けた残酷な生き物だろうか、女たちはこうして永遠の呪いを身に受けるのです。永遠に死ぬことのない苦しみを生きることとなるのです。

人魚を喰って永遠に死なない女、それが八百比丘尼です。
死なない女は、夫にも子どもにも孫にも先立たれて、さびしい心で、この世をさまよいつづける。

なんという呪いでしょうか？

そうです、どっちに転んでも呪われている。
まな板の上の人魚を海に還せば、大津波がやってくる、嘘のようなはじまりがやってくる、
まな板の上の人魚を喰ってしまえば、永遠の時にのみこまれる。いつまでも終わらない。

なにゆえの呪いなのでしょうか？

ええ、ええ、何百年と旅を生きれば、時には身の毛もよだつことにも出くわします。東の海のミカンの花咲く島へと渡ったときには、それはもう驚いたものです。島のどこを歩いてもカタカタと足元から音がする。島の住人は何もしゃべらない、よそものには不信の目を向けるだけの無言の島だというのに、足元からはひっきりなしにカタカタカタ、乾いた音がする。それは、島の大地に埋められた髑髏たちの語りかける声だったのです。人間の骨のうち、大地に埋められて最後まで残るのが歯なのだと言います。歩けば、髑髏たちの白い歯がカタカタカタと、冷たい土の中に埋められたみずからの人生を語り出す。聞いてくれ、伝えてくれ、旅人よ。その昔、島では、島の旗をアカにするか、シロにするか、たったそれだけのことで争いが起きて、ついにはシロとアカの殺し合い、シロかアカか決めかねているだけでも殺されたのだと。そして生き残った者は何も話さなくなった、生き延びるために声を捨てた。ここでは、死んだ者たちだけがカタカタカタ、まるで生きているかのように饒舌な語りの声をあげる、聞いてくれ、伝えてくれ……。

永遠の旅の教え、ひとつ。

どうやら、この世には、縁もゆかりもない通りすがりの者だけが聞き取ることのできる声があるようなのです。

そう、こんなこともありました。

この世のはずれにそびえる山には、昔から、死者たちと、死者のために祈る者たちとが集まるものでございます。西方の極楽浄土を願う者たち、生きる苦しみに世を捨てた者たちが生きながら山へとわけいってくるのです。そこにはナムアミダブツを唱えつづけるお坊様もいれば、オンアビラウンケンと真言を唱える山伏もおります。山伏の傍らには神の依代となる比丘尼が付き従うものと決まっております。山伏、比丘尼にすがりつく悩める衆生もそこにはいる。そんな者たちがわらわらと寄り集まる、椿の花咲く山へと登った時のことでした。もう椿の季節も終わる春のこと。ぼとり、ぼとり、赤い椿、白い椿、玉のような椿が一面に落ちていた。近づいてよく見てみたのです。すると、赤い椿と思ったのは、なんと人間の舌ではないか。地面から直接ベロベロベロと舌が生え出ていたのです。私は、そのとき、初めて知りました。たとえ身は朽ちようとも、この世に思いを残した舌は腐らないのだと。人間の舌というのは、苦しみを味わうほどに、哀しみを舐めるほどに強くなるのだと。

死者の国、この世のはずれの山には、無数の赤い舌。死んでもなお、切ない声で果てしなくみず

からの命を語りつづける舌に、ベロベロベロと椿の山も揺れるようです、赤い舌の先からつぎつぎと、音もなく花が咲くようです、桜の花、蓮華の花、赤い椿、白い椿、玉椿、風に吹かれて、ゆらりゆらり、

永遠の旅の教え、またひとつ。
この世のはずれの山々には、言うに言われぬ思いの花々が咲く。

ベロベロと語りやまない赤い舌の、その地面の下には、朽ちてゆく無数の命の、血と肉と骨がある、肉体は土となり、水となります、水は山にしみいり、やがて川になって、とうとう海に流れ込む、こうしてすべては海に還ってゆく、人魚がやってきたあの海へ。

でもね、海と山と命の、水のようにめぐる流れのその中に、私たちの物語のすべてがあることを、どうしたことか、私たちはすっかり忘れ果ててしまいましたね、
めぐる流れをばっさりと断ち切って、私たちの声を封じて、私たちの物語を盗みとってゆく者どもがこの世にはいるのですね、

大津波に何度洗われても、この世には、つながる先などどこにもない、真っ白な嘘ばかり。
これではははじまりようもない。

私は、若狭の国の八百比丘尼でございます。人魚の肉を食べた女です。永遠を生きる者です。そして、なにより、私は声を聴く者です。

永遠の旅が教えてくれた一番大切なこと。
それは、この世に蠢く無数の声を無心に聴くことこそが、呪いを祈りに変えるただひとつの方法だということ。

しかし、大変無念なことでした。不意に、命をめぐる私の永遠の旅は、断ち切られたのです。百五十年前、文明開化の音とともに。
私が聴きつづけてきた無数の声は、文明の光の中で見失われました、文明の言葉に書き換えられました、私自身もまた、文明の文字で口を塞がれた。あとに残されたのは、もはや私のものではなくなった八百比丘尼の伝説。

声は聴かれなければならないのです、
物語は取り戻されなければならないのです、

今日ここで出会ったあなたに、お願いがあります。

どうか私の名前を大きな声で呼んでください。私をこの世に呼び戻してください。

よみがえった私は、命を懸けてこの世に蠢く声を聴くでしょう、無数の声を私の喉に宿らせるでしょう、無数の声が私の喉で渦を巻けば、私は息ができなくなるでしょう、だから、あなたにお願いです、剃刀で私の喉を切り裂いてくれませんか、パックリとね、そこからヒューッと風が吹き抜ける、ほとばしる私の赤い血を浴びて、声たちは息を吹き返す、私はこの世の風穴になる、声になる、物語になる。

物語る私の舌の先から、赤い椿、白い椿、玉椿、咲けば散ります、散れば咲く、めぐるこの世の命の歌。

かもめ組創成記　千年の語りの道をゆく

――放浪かもめと澤村豊子――

放浪かもめがゆく

〈私は蝦夷である〉

dah-dah-dah-dah-dah-sko-dah-dah-dah　それは二〇一二年一月のこと、新潟でのこと、私の傍らに浪曲師玉川奈々福がいたときのこと、耳にはこんな歌が聞こえていたときのことなのです。

Ho! Ho! Ho!
むかし達谷《たった》の悪路王
まっくらくらの二里の洞
わたるは夢と黒夜神
首は刻まれ漬けられ
アンドロメダもかゞりにゆすれ

これは宮澤賢治の歌う「原体剣舞連《はらたいけんばいれん》」、その一節、大昔、ヤマトから北上してきた征夷大将軍坂上田村麻呂に敗れて斬られて踏んづけられて平泉の達谷窟《たっこくのいわや》に封じ込められた蝦夷《えみし》の王の物語、賢治の声に耳を澄ませば、ほら、思い出す、思い出す、かつては蝦夷と呼ばれた者たちが主《ぬし》だった地、みちのくに行けば、蝦夷を封じたヤマトの神々があっちこっちに祀られている、ヤマトの神々がやってくるその前には、ヤマトに蝦夷と呼ばれて、いまはもう本当の名前も忘れられた人々の命や息吹とともに脈々と語り伝えられてきた神々がそこにはいたではないか、人々が神々とともに歌い語った物語があったではないか、ほら、耳を澄まして、身を乗り出して、封じられた物語のほうへ、見えない聞こえない声のほうへ、

dah-dah-dah-dah-sko-dah-dah
太刀は稲妻萱穂のさやぎ
獅子の星座に散る火の雨の
消えてあとない天のがはら
打つも果てるもひとつのいのち
dah-dah-dah-dah-sko-dah-dah

打つも果てるもひとつのいのち、そうだよ、ひとつのいのちだ、そう歌う賢治の声に誘われて、いのちを打つ者たちの物語る声の下に押し込められた、いのち果てる者たちの声に耳を澄ます、その歌声に耳をゆだねる。

青森のねぶたは、そもそもは、蝦夷を油断させてやっつけるために坂上田村麻呂が仕組んだこと、笛に太鼓に灯籠のお祭り騒ぎからはじまったんだってねぇ、そのお祭り騒ぎで騙し打ちにされた者たちの末裔もいまでは知らず覚えずねぶたの大灯籠を担いでいるんだってねぇ、あの大灯籠の光の下の闇の底には、封じ込められた声が蠢いているんだってねぇ。

dah-dah-dah-dah-sko-dah-dah　封じられた声を聴け、見えない物語をひもとけ、そんな思いが激しく胸に渦巻く二〇一二年一月の私は、もう既に、二〇一一年三月のあの日に東京の三河島の朝鮮部落の路上で足元から

激しく揺さぶられ突き上げられた私でした。ぎざぎざと目には見えない大地の裂け目から、八十八年前に東京の路上で斃《たお》れた者たちが這いずり出してくる、その姿をじわじわじわじわと目に焼きつけた私でした。あの日、見えない声が、思い出せ、思い出せ、私の足をつかんで揺さぶって、慄いて、声に追われて、飛び込んだ喫茶店のテレビの画面の中では東北の海辺の町と人々とその暮らしが黒々とした大津波にごっそりと押し流されて、テレビの脇では猫が怯えて震えていて、思い出せ、思い出せ、押し寄せる見えない声に私は荒々しくも心をさらわれて、あの日、そう気がつけば、あの日を境に三河島からさまよいの道へと漂い出した私なのでした。

dah-dah-dah-dah-sko-dah-dah　日本の真ったただ中にぽっかり浮かぶ小島のような朝鮮人の町のことを歌って、それは確かに存在する町なのに、そこには人間たちが暮らしているというのに、日本というカラクリの中では、それは「見えない町」なのだと、その詩にしかと書きつけたのは、詩人金時鐘《キムシジョン》でした。なんの因果か、私は三月のあの日に詩人に逢うはずだったというのに、世界がぐらぐら揺らぐものだから、詩人に逢うための道もぎざぎざに裂けて、隠された道が姿を現して、日本の近代が封じ込めた日本じゅうの見えない町、見えない人々、見えない物語、聞こえない声が、ここだ、ここだ、わたしはここだと叫びだしたようで、それは詩人の歌う「見えない町」に導かれていくようでもあったのです。

dah-dah-dah-dah-dah-sko-dah-dah　私は東北へと向かった、福島で勿来《なこそ》の関を越えた、ここからは蝦夷の土地だ、大昔からのヤマトのひそかな植民地だ、福島と宮城の県境あたりで北緯三十八度線を越えた、ここからは北だ、飢饉干ばつ侵略を生き抜いてきた者たちの大地だ、半島の「北」と列島の「北」の記憶が結ばれる、一衣帯水の「北」だ、かつて日本にコメを送り、人を送り、日本の戦後の大化学工業のひな型をつくった新興財閥日本窒素に土地を奪われ、資源を奪われ、命を奪われた半島の「北」があり、近代日本が半島を失ったあとに、半島の代わりに、日本にコメを送り、人を送り、資源を送り、電気を送りつづけた列島の「北」がある、「北」は植民地だ、目にも明らかな半島の植民地と、目にはそうは映らない列島のひそかな植民地と。

dah-dah-dah-dah-dah-sko-dah-dah　見えない町に行こう、見えない人に逢おう、見えない物語を聞こう、語ろう、さまよいの旅に出よう、見えない声に導かれて……。

二〇一二年一月、「北」を想い、見えない道へとおずおず足を踏み出した私と、浪曲師玉川奈々福《ななふく》は、新潟におりました。その二か月前に、二人は列島の「北」へと三十八度線を越えたばかりでした。玉川奈々福は、「北」の声を聴きながら私が書いた一篇の物語を朗々と読みました。

私は蝦夷である。

そんな想いがむらむらと。平泉、達谷窟《たっこくのいわや》毘沙門堂。切り立った崖の下の大きな窟《いわや》に半分入り込む形で清水の舞台を模して建てられた簡素なお堂に、北方鎮護の願いを背負った何体もの軍神・毘沙門天がまことにいかめしい面構えで立っている。
その毘沙門天に向かって、仁王立ちで、私は蝦夷である。

Ho! Ho! Ho! そうだよ、私も奈々福も蝦夷なんだよ、この世がこの世であるために、この世がこの世で完結するために、千年万年封じられた者どもの一味なんだよ、終わりの世界に厳しく封じられても、はじまりをもとめて漏れ出る声たちの耳なんだよ、口なんだよ。そうやって声をあげれば何かが兆す、そう、この日、われらは、もうひとつのはじまりを孕むこととなりました。もうひとりの蝦夷、大阪猪飼野《いかいの》見えない町に生まれ育ったパンソリ唱者《ソリクン》、安聖民《アンソンミン》にわれらの声はひそかに届き、安聖民はひそかに震えて、やがてそれぞれの道は交わって、かもめ組誕生と相成ります。それは、二〇一二年十月、「北」を眼差す新潟の水辺のかもめシアターでのことでした。Ho! Ho! Ho!

〈愚かな心〉

安聖民のパンソリを初めて聞いたのは、二〇一〇年五月、大阪の生野の観音寺。済州島四・三事件追悼の会でのこと。私は初めての済州島への旅から戻ったばかり。島にひそかに谺《こだま》していた死者たちの声で心がいっぱいになっている。そのときの私は目の前で鎮魂の声をあげるソリクンが安聖民であることを知らない。二年後に語りの旅の道連れになろうとは、夢にも思っていない。

玉川奈々福とは、二〇〇六年以来の道連れだ。沖縄最後のお座敷芸者、歌で人々を喜ばせて七十数年の三線おばあナミイの、歌いだしたら果てしなくつづく歌声で結ばれた縁だ。二〇一一年三月を境に、その縁は深まる、絡み合う。

こんな時代だからこそ。

それがかもめ組の合言葉。揺さぶられて、目を覆っていたものが剝がれおちれば、観るべきものも見えてくる。なにより、高みの小賢しい言葉や理屈に人間の命が軽々と弄ばれるこの時代に、われらはひたすら地べたをさすらう語りの者であろうと、愚かな心をわかち合った。

〈私はめくらである〉

あたしゃ、文字も読めないあきめくら、そう言いながら、その生涯を歌って身過ぎ世過ぎの旅に生きてきた石垣島の三線おばあに、あんたの頭の上には神様がいないと言われたのは、さまよいの旅のはじまりの頃のことでした。不思議です、あきめくらの三線おばあは、私の目には見えないものがよく見えるようなのです。人間は誰もが頭の上に神をのせている、神をのせているひとりひとりの人間が神のようでもある、人間だけではない、草にも木にも石にも水にも風にも神はいる、そう三線おばあは言いました。あたしは神を喜ばすために歌うんだ、そう三線おばあは言いました。

同じ言葉を私は済州島で聴きました。神を呼び出す神房《シンバン》は、神の物語を滔々と歌い語る、神はわが物語が語られるのを聴けば、大いに喜ぶ、呼ばれて天から降りてくる、そしてそれは神だけではない、名もなき死者たちも同じです、家族や血族しか知らぬその名を呼ばれ、そのたったひとりのために、その者がこの世に生を享けるまでに脈々と受け継がれてきた命の名が呼ばれ、その者が生まれてからこの世を去るまでの物語が語られ、死者は神として地上に招かれる、神として遇される、そのよろこび、それはこの世のどんな片隅に生きて死んでいったとしても、誰もがこの世の主であり、かけがえのない命であることを歌い、語り、伝える、物語。

ひとりひとりに神話があるのだ、ひとりひとりが神話を生きて死ぬのだ。ひとりひとりの人間の誕生こそがはじまりなのだと語った、アーレントの言葉を私は思い出す。アーレントの言葉を待つまでもなく、この世に語り伝えられるすべての物語は、ひとりの人間の命とともに、命という名の神とともにはじまるのだ。すべての物語ははじまりをもたらす神の物語、神話から生まれ出たのだ。この世の語り部という語り部は、神と人を結んで神話を歌い語る原初の声を祖先に持つ者たちなのだ。

ところがね、文字で声を追うようになると、人は命が見えなくなるらしいんだね、文字の論理につぶされた目には、神は見えないらしいんだね。見えないどころか、見失ってしまうらしいんだね。歌うように書きたいと、私はもう四半世紀も言いつづけてきたのですが、この世の島々を彷徨い歩いた末に、自分があ

きめくらですらないことに気づくまでは、それは実に見事に絵空事の話でありました。人は何のために歌うのか、語るのか、それは命とつながるためだろ、つながってこそはじまる命の、そのはじまりをくりかえしこの世にもたらす言霊《ことだま》を放つことだろ、そんなこともわからずに歌い語ろうとはまことに空恐ろしいことでありました。何も見えていない者がこの世のことを軽々に歌うことほど危ういことはないということも、見えてないからこそわからぬものなのです。

〈浪曲とパンソリと語りと〉

さて、浪曲師玉川奈々福とパンソリ唱者《ソリクン》安聖民の話です。二人は千年前に半島と列島とに生き別れた放浪姉妹であります。それは語りの旅のはじまりにまつわる話です。済州島の神房《シンバン》が神話を語りつづけているように、人と神の交わるその場所、この世の最も聖なる場所であると同時に、この世の最も賤しい場所で、人と神と命の由来を語る最初の声をあげた者たち、それこそが玉川奈々福と安聖民のはるかな父であり母でありました。旅する語りの者たちでありました。

声というものは、放てばそのまま漂い出していずこかへと旅立ってしまうから、声は記憶を持たないと、これはトリン・ミンハが呟いたことですが、記憶に縛られない自由な声を吐き出して語って生きる者は、おのれの吐き出した声を追って旅するほかはない。漂う声が道を作ります。物語を織り上げます。記憶を持たない声が語り出す物語は、実のところは空っぽの器です。素晴らしい空っぽです。

その器には、道々で出会った行き場のない声たちが流れ込んでは、出会いの歓びに心を温められ洗われて、ふたたび力強くも漂い出す。

たとえば、玉川奈々福は名工左甚五郎の旅日記を演じます、新作『金魚夢幻』を歌い語ります、どれもこれも素晴らしい空っぽの物語です。安聖民は『沈清歌《シムチョンガ》』を、『春香歌《チュニャンガ》』を『水宮歌《スグンガ》』を歌い語ります。もちろん素晴らしい空っぽの物語です。そこには押しつけがましく人間を縛り上げる記憶はない。あるのは、人間を縛り上げる記憶を振りほどいて、さあ、ひとりでしっかり歩いて行けよと背を押す声。語りの者とは、そのような声の道を生きる者たちなのです。みずからを縛るものを持たず、携えているのはただ「空っぽな器」であるゆえに、恐ろしく孤独な旅人たちなのです。もう千年も万年も、最初に声がこの世に放たれたそのときから、その旅は果てしなくつづいている。すべての声の旅人は生き別れた孤独な兄弟姉妹。この世の異人《まれびと》。

〈その文字は白骨の歌えるものか？〉

二〇一〇年三月、済州島を初めて旅したとき、じゃりじゃりじゃり、私はずっと私の靴が踏みつける白骨の音を聴いていました。済州国際空港に飛行機が着陸したそのときから、飛行機の車輪に踏みしだかれる白骨の音を聴いていました。済州島へと旅立つ前に、済州島に故郷を持つ私のおじが、絶対に飛行機では済州島には行きたくない、なぜならば、滑走路にたくさんの白骨が埋まっているから、と言ったのでした。

四・三事件という、朝鮮半島の南北分断に

深くかかわる、韓国ではずっと封印されてきた、国家によるアカ狩りを口実とした島民虐殺のその記憶は、言葉にはならぬ、ただ、足下の大地で、しゃりしゃりと、じゃりじゃりと、親兄弟にも知られずに無造作に殺されて埋め捨てられた犠牲者たちの骨が、踏まれるたびに乾いた音をあげる、その骨の声が済州島にはひそやかに鳴り響いているのだと、たった十五歳で全身の骨が砕け散るほどの拷問を受けて、山野にころがる死体を踏み越えて、玄界灘へと漂い出して、日本へと密航してきたというおじが、ひそかな声でそう言うのでした。

人間の骨のうちで、土中に埋めて、一番最後まできれいに残っているのは歯だと言いますね、身は朽ちても、骨は溶けても、カチカチカチと小刻みに震えるあの音だけは千年、万年、未来永劫、聴こえつづけるのかもしれませんね、私たちにそれを聴く耳があるのならば。おじは拷問で片耳の聴力を失ったのだそうです。おかげで、ずっと、この世ならぬ声が聞こえるのだそうです。

白骨の音といえば、ハンセン病療養所。ここも日本の中の見えない島、見えない町です。一度この島に流れ着いたなら、かつては死んでも出ることはできなかったから、実のところはいまでもそう変わりはないのだけれども、それでもかつては納骨堂だけではなく、火葬場までもがこの見えない町にはありました、(そういえば、大阪の見えない町猪飼野も、大阪の目に見える町々のはずれの火葬場のあたりの湿地に生まれた町だった)。

火葬場は地獄谷と呼ばれる見えない町のはずれの谷のすぐ上の野っ原にあって、見えない町の住人たちが薪を積んで、死んでも死にきれないと言いつづけている遺体を焼いて、焼ききれない骨のかけらは野っ原にまいて、野っ原には白い砂利のように骨片がじゃりじゃりとね、じゃりじゃりと骨片がね、踏めば声をあげる、この声が聴こえるか、おまえはこの声を語る言葉を持っているのかと、それは骨が歯ぎしりする音のようでもある、じゃりじゃりと突きつけられるようでもある、おまえが歌うように語りたい書きたいというその文字は白い骨の文字なのか、見えない世界、聞こえない声を、見えるもの聞こえるものにきつく縛り上げられている者たちに送り届ける文字なのか、死ぬに死ねず、生きるに生きられない者たちに、本当の命のはじまりを、もたらす文字なのか。

〈道行き〉

これは地獄谷の白骨が教えてくれたこと。その昔、道を棲み処に白骨の声で物語を語り伝えた者たちがおりました。その物語とは、たとえば、踊念仏の一遍上人が興した時宗の総本山、相模の国は藤沢の遊行寺から出発して、熊野の湯の峯へと、生きながら死に蝕まれて腐り果てた体を土車に乗せられて、一引き引きては千僧供養、二引き引きては万僧供養と唱える無縁の衆生に延々曳かれて行った餓鬼阿弥《がきあみ》こと、小栗判官の物語であり、そうやって熊野の命のよみがえりの湯につけられる餓鬼阿弥とは、語り手自身のことでもあり、餓鬼阿弥の物語を聴いて、その物語につかることで命をよみがえらせるすべての者たちのことでもありました。

語る者も聴く者も、物語の土車の綱を引き、藤沢をあとに、えいさらえい、はや、小田原に、入りぬれば、狭い小路に、けはの橋、湯本の地蔵と、伏し拝み、足柄、箱根はこれかとよ、山中三里、四つの辻、伊豆の三島や、浦島や、三枚橋を、えいさらえいと、引き渡し、流れもやらぬ、浮島が原、小鳥囀る、吉原の、富士の裾野を、まんのぼり、はや富士川で、垢離《こり》を取り、心しずかに、伏し拝み、ものをも言わぬ、餓鬼阿弥に、語りかける、息を吹き込む。

物語とは、こうして道ゆく者たちが、みずからの足で道を拓き、道に惑い、地べたを這いずり、立ち尽くして、また彷徨いだしてゆくその道行きによってこそ紡ぎ出されるもの、物言わぬ餓鬼阿弥とともに果てしなくくりかえされるその道行きこそが、われらが生きて歌って語り伝える物語なのだということ、白骨の声は確かにそう言っているようなのです。

その声を文字に書きつけようとするならば、文字もまた惑って、彷徨って、ぽろぽろと行間からこぼれ落ちて、漂い出してこそ、白骨の文字となる、そのように白骨の声は語りかけているようなのです。


〈もう一度。声には記憶はない〉


もう一度、トリン・ミンハから聞き取ったあの印象的な言葉。

「声は記憶を持たない」

確かにそう。声は記憶を持たない。

(ところで、記憶を持たない文字なんてあるのだろうか?)

記憶を持たぬものに境はない。おのずと境を踏み越えてゆくもの、境を消し去っていくもの、それが声。

（三次元、四次元、五次元へと、論理を越えて、形をすりぬけて、境もなく広がり、漂い、滔々と流れてゆく文字、それは文字に携わる者の夢だろう）。

思うに、いま、私たちが語る物語とは、既に終わった物語ばかり。いつの頃からか、おそらく人間が文字に縛られるようになってから、私たちは終わりばかりをくりかえし語っているようなのです。

語りはもう一度、はじまりの旅に出なければならない。

〈かもめ組〉

浪曲師玉川奈々福、パンソリ唱者安聖民、物書き姜信子。

三人の旅の道が交わって、かもめ組として飛び立ってから三年、それぞれがそれまでに生きてきた語りをひとつに織り上げた、はじまりの物語を歌い語ってみたいという思いがだんだんに満ちてきた。

日本の大阪の猪飼野に生まれ育った安聖民は、韓国でパンソリの修業をし、韓国語で歌い語りながら、いつか、日本に生きる自分の言葉で、自分の声で、済州島から猪飼野へと渡ってきた祖父母たちの旅をたどりなおし、新たなはじまりの物語を紡ぎ出したいと願っていた。

安聖民とともに、かもめ組として新たな物語を紡ぎ出す、ともに歌い語る、それは玉川奈々福の願うところでもあった。

姜信子は、かもめ組の物語を書くならば、それは白骨の文字でなければならぬと信じて願っていた。

その願いの結び合うところ、それが、二〇一五年七月十二日、成蹊大学において演じられた「かもめ組　ソリフシ公演『ケンカドリの伝記』」であった。

「ソリ」は韓国語。それは声であり、音である。

「フシ」は日本語。それもまた声であり、音である。

「ケンカドリ」とは、姜信子が、済州島から密航してきたおじの声と沈黙の中から聴き取った物語。

ケンカドリに、安聖民は祖父母の旅を重ね合わせて語ることだろう。とはいえ、わずか公演十日前に姜信子より送られてきたこの物語の、パンソリとはあまりに違う一人語りの形式に、安聖民は大いに戸惑い、そして、自分の声の求めるところにしたがって、物語の言葉に息を吹き込み、物語の文字を声として立ち上げていくことだろう。

玉川奈々福は、済州島四・三事件を背景に置く「ケンカドリ」の物語に加わることは、ひとりの日本人として、日韓の歴史への自分なりの確かな認識と歴史に向き合う覚悟なくしては、厳しくも困難なことなのだときっぱりと言うことだろう。この物語の語り手のひとりとなることにひどく戸惑い、この語りへの参加は控えるべきと、誠実なる判断をくだす玉川奈々福は、しかし、安聖民の語りの声を聴くうちに、みずからが引いた境界線を越えて、三味線を手に物語の中へ中へと深く入り込み、はじまりの音を放つことだろう。それもまた記憶を持たず境も持たぬ声や音に誠実な語り手の魂のなせる業だろう。その魂こそが、物語に生き生きと息づくはじまりを呼び寄せるのだろう。

文字に縛られているその息苦しさに、なんとか振りほどこうと、東に西に駆け回り、南に北へとさまよい歩くその日々の末に、姜信子は白骨の文字にたどりつけるのか、白骨の声はそこにあるのか。玉川奈々福に当てて書かれた「ケンカドリ」の語りの部分を、みずから代わって語ることとなった姜信子は、語りの声をあげつつも、その声は、しゃりしゃりと、ぎりぎりと、問いにまみれていることだろう。

かくて、放浪かもめは、またふたたびの千年の語りの道をゆく。

曲師澤村豊子とともに

第一章　小さな豊子は旅にでた

前口上

「語り」とは古来、道から道へ、人から人へ、声から声へ、物語を結び、物語とともに人々を今日から明日へと送り出すものでした。語る者はいわゆる名もなき遊芸の民、聞く者もまた名もなき民、いや彼らにだって名はありましょう、この世に生まれて名のない者などあるものか、その名がこの世の王たちが独り占めする歴史の類には刻まれぬだけのこと、「無名戦士」のごとき十把一絡げの「無名」の中に無数の名が勝手に溶かし込まれてしまうだけのこと、この世に名もなき者などあるものか。

この世に生きる民の名は、言いようもない思いとともに、たとえば古くは路傍の説経語りの安寿と厨子王や小栗判官の物語にひそかに託され、(安寿は火責め水責め拷問で殺される、地獄から餓鬼の姿で送り返された小栗は道ゆく人々の手で救われる、安寿を殺した山椒太夫は竹のこぎりで首を挽き落とされる)、あるいは、地べたを這うように生きる者たちの心は、歩き巫女や盲目の座頭、瞽女《ごぜ》たちの道ゆく語りに憑依《ひょうい》して、デロレンデロレンデンデロレン、祭文、浮かれ節、はたまた浪花節またの名を浪曲の、この世をめぐりあるく数多の語りと結ばれて、声から声へと旅をする。

さて、「旅するカタリ」、と私はたったいま語り出したばかりの物語を名づけているのですが、「カタリ」は「語り」でもあれば「騙《かた》り」でもある、私たちの生きる場所はいつでも嘘と真の間、善と悪の間、正と邪の間、記憶と忘却の間、あらゆる間を揺れ動くその揺らぎの中にあるものだから、何を語ろうともそれは騙りであろうし、その騙りのうちには実もあろうし、なので何事も黒だの白だの断じて畏《おそ》れも恥も知らぬ輩とこの私をどうか一緒くたにしないでください、私が語るは、有象無象そんなこんなのすべてをのみこんだ「カタリ」。私自身が「カタリ」なのです、私は旅するカタリなのです。

ここ数年、私のカタリの旅の道連れのひとりに凄まじい腕前の曲師がおります。浪曲の三味線を弾く曲師。天才的。その名を澤村豊子という。豊子師匠は昭和十二年生まれの丑年で、この世のことなどまだほとんど知らぬ数えの十二の歳に浪曲の世界に迷い込んで、それからはずっと旅の人生。気がつけばもう数えの八十、いまもなお三味線を手に浪曲師と連れ立っての旅の人生です。そりゃ、いまじゃ、浪曲師が長者番付を飾ってアイドルのように映画に出た昭和も半ばの全盛期も遠く儚く過ぎ去った。でも、小さな声が押しつぶされるいまのこの時代だからこそ、全盛期を知らぬ若い世代が語りの力を信じて、浪曲に命の息吹を吹き込まんとする、豊子師匠もじっとしてはいられない。若い浪曲師たちに息を合わせて、ハヨォー、ウッと掛け声を放って三味線を弾く旅の空の下に身を置けば、心も落ち着く、旅暮らしのほうが安らぐのです。そんなふうな心持ちになったのは、さて、いつの頃からか。そもそも、曲師澤村豊子の旅の物語のはじまりは、いったいいつのことだったのか。

キムの話

曲師澤村豊子の旅のはじまりを語るならば、私と豊子師匠が親しく話すきっかけになった「かもめ組」の誕生からはじめようか、（いやいや、かもめ組のことはまたの機会にじっくり）、ならば、豊子師匠がうっかり浪曲の世界に迷い込んでしまった十二歳のあの頃のことから語ろうか、（いや、これも後日ゆっくりとね）、そうだ、まずはキムの話をしよう。キムという名の朝鮮生まれの浪曲師の話。

キムは明治三十四（一九〇一）年に朝鮮の慶尚北道永川郡のはずれの古鏡という小さな村で生まれた。

古鏡。古い鏡。なにか謂われのありそうなこの地名は、キムの運命をひそかに象徴しているようでもある。ほら、昔の鏡は水銀メッキ、キムはね、その美声が浪曲師仲間に妬まれて、水銀を飲まされて喉がつぶれて、その声はもう役にも立たない古鏡……。

こういうことはそう珍しくもないらしいのは、昭和の浪曲の大看板のひとり、梅中軒《ばいちゅうけん》鶯童《おうどう》の旅日記にも、水銀で喉をつぶされた浪曲師が登場する。そういえば、昭和初めの博多の普賢堂の路地には浪曲師が軒を並べて暮らしていて「さながら浪花節街」だったとは、同じく鶯童の弁。普賢堂に来れば、九州巡業の浪曲の旅の一座などすぐ組めたのだと。もしや浪曲師キムも普賢堂あたりにいたのだろうか、それとももっと侘しいドサ回り一座の座員だったのでしょうか。

この世に残されたキムにまつわる記憶は少ない。風の噂によれば、大正五（一九一六）年、十五の歳に、朝鮮からひとり玄海灘を渡ってきたという。頼りは十二歳上の長兄。長兄はといえば、兵庫の生野銀山あたりの町で日本人の妻との間に子が生まれたばかりというのに、大正六年、九頭竜川のダム建設が始まった福井の山奥の山林で、ほんの二十八歳で死んでしまった。なぜ死んだのか、そこで何をしていたのか、想像はつきます。が、確かなことは分からない。

十六歳のキムは日本でひとりぼっち。まずは九州のどこかの日本人の商店に住み込んだ。朝鮮が日本に併合されてまだ七年、日本語もカタコトだったろう、そのキムがそれからにがどうして浪曲師になったのか、その日暮らしの漂泊の日々こそが植民地生まれの寄辺ない心の棲み処になったのか、いったいどれほどの苦労を重ねたことか、あの頃多くの漂える〝キム〟がいたのではないか……。

なんでもキムは、浪曲師時代の美声に恋した日本人女性と所帯を持ったらしい、女はすべてを捨ててキムのところに駆け込んできたという。それから九州を転々、やがて、戦後のある日、あのキムがどこぞの炭鉱町で死んだ、と、いつかどこかでキムと袖触れ合った者たちの間を静かな噂が吹き抜けて、消えた。

この話が曲師澤村豊子の物語とどう関わってゆくのかは、まだ定かではない。

どこまでも、浪曲の道

かつて浪曲の勢いのどれだけ凄まじかったことか、前にも触れた梅中軒鶯童の旅日記には、昭和八（一九三三）年の暮れに催された大阪・東洋劇場の柿落《こけらおと》しでは、浪曲師たちがマイクもなしに四千人を相手に死にもの狂いの口演をしたとある。台湾、満州、朝鮮、樺太、昭南、安南、ビルマ……、日本人のいるところならばどこまでも、海の彼方、戦地の奥の奥までも巡業の旅路は延びてゆく。

人々が聴きたがる語りは、人々に何かを言い聞かせたい者たちにとっては、実に好都合な教育的媒体にもなりましょう。「肉弾三勇士」、ありましたね、そんな浪曲。「西住戦車隊長」、ええ、ええ、ありましたとも、戦時愛国浪曲！

朝鮮では、朝鮮人志願兵が中国北部、いわゆる北支の戦場で昭和十五（一九四〇）年春に初めて戦死するや、朝鮮語浪曲「壮烈李仁錫《イインソク》上等兵」がすぐにもつくられた。

さあ、そいつを少しばかり語ってみましょうか。

――日章旗はためく玉泉停車場！　「李仁錫万歳」の声！　天をも轟かす感激に包まれた広場！　静かに厳そかに立つ李仁錫君！　故郷の先輩、家族、友人が心を尽くして見送る丈夫の鉄石のごとき胸中には熱い涙が流れるのである。これほどの真心をいただいて戦地に向かわば、大きな夢を達せずして帰られようか。七たび死んで八たび生きるのだ、お国に忠誠を捧げるのだ！

　この朝鮮語浪曲を演じた崔八根《チェパルグン》という男、東京の日本浪曲学校で浪曲を学んだのだそうです。浪曲学校の校長は崔永祚、朝鮮語読みではチェ・ヨンジョ、日本語読みではサイ・エイソだが、日本では崔永昌《サイエイショウ》という名で記憶されている。興行師でもありました。この崔永祚とともに崔八根が、昭和十五年春、朝鮮総督府のお声がかりで朝鮮に戻ってくる、間もなく朝鮮語浪曲のラジオ放送がはじまる、なんだかここにもなにかが蠢いているようだ。

　朝鮮で朝鮮語浪曲が流れだした頃、東京の日本浪曲学校では後に三波春夫となる十六歳の少年が稽古に励み、浪曲師南篠《なんじょう》文若《ふみわか》として初舞台を踏んでいます、南篠文若は昭和十九（一九四四）年に召集されて満州へと送られ、部隊をめぐって浪曲口演をする「浪曲上等兵」となる、敗戦後には抑留の地シベリアでも浪曲を語ることになるだろう。

　浪曲と言えばもうひとり、後に国友《くにとも》忠の名で一世を風靡することになる青年浪曲師が、北支の戦場でその特殊能力によって諜報活動に携わっておりました。浪曲で培った耳の力、語る力の賜物でしょうか、見事に耳から中国語を覚え、体ごと中国人になりきった。そうして戦争の裏も表も味わうことになった若き国友は、敗戦の大混乱にのまれて中国の地に打ち捨てられ、遂に日本に帰れなかった者たちのことを終生忘れないだろう。

　そう、忘れずにいてほしいのです、今日私が語ったことも、やがては曲師澤村豊子の物語へと結ばれていくということを。

炭鉱町の小さな豊子

写真が一枚。

神社の境内。和服姿の父と三人の幼な子。お宮参りの写真のようだ。男に抱かれた赤ん坊は和柄の晴れ着。赤ん坊のおねえちゃんたちも七五三のように着飾っている。制服姿の女の子も二人。近所の子だろうか。豊子の記憶にはない二人。五人の女の子のうち三人はわかめちゃんのようなおかっぱだ、昭和の子だ。そのうちのひとり、招福のだるまを手に、小首をかしげている小さなおかっぱ、これがいまなお現役の浪曲の天才曲師、澤村豊子の幼い頃の姿、もう七十年以上前の遥かな光景だ。

写真の中の父は一分刈りのさっぱりとした顔、耳がぴょんと立っている。この世の音や声にじっと聞き入るかのような耳、目尻の下がった小さな目はいかにも優しい。小さな口。これもまたいかにも寡黙。

豊子はこの父の第二子として、昭和十二（一九三七）年に福岡県粕屋郡幸春町出生、と戸籍にはある。本人には生地の記憶はない、実を言えば粕屋郡幸春町という町自体も見つからない。これはいったいどうしたことか、どなたか幸春町を知りませんか？

豊子の最初の記憶は佐賀の北方町の家からはじまる。それがね、この家には白い蛇が棲んでいた。時折、天井からポトンと蛇が落ちてくる。そのたびにお父さんが、「守り神だから騒ぐなよ、いたずらするなよ」と子らを諭す、そんな家でありました。家の前は川、後ろは崖。家の前の広い坂を上ってゆけば、

杵《き》島炭鉱《じまたんこう》。ずらり立ち並ぶヤマの社宅の主婦たちが、坂を下って豊子の家の前をとおって町の市場に買い物にくる。豊子のお母さんも市場に行く。市場ではお母さんとヤマの女たちとのおしゃべりの花が咲く。豊子のお父さんは行商さんで、着物だとか小間物だとかを大きなカバンに詰めて坂を上ってヤマに売りに行く。

豊子は体の弱い子でした。運動会ではお遊戯だけ、あとは隅っこで観ているばかり。あの頃、家で使う水を共同井戸で汲むのは子どもの仕事で、天秤棒でバケツをかついで、家の甕にザーッとあけて、また汲みに行く、その仕事も豊子には無理だろうと、豊子の二歳下の妹の役目でした。お父さんは「あんたは体が弱いから、なにか芸事を身につけたほうがいい」と言い、踊りの好きな小さな豊子に藤間流、坂東流と習わせた。「大きくなって踊りのお師匠さんになるなら、三味線も覚えよう、踊りは弾きながら教えたほうがいい」と端唄の三味線のお稽古にも通わせた。それが満で十歳のときのこと。豊子がたったひとり浪曲の世界へと、北方の町を出る一年前の話です。北方町の市場では、へえぇ、あんたんとこの娘さん、三味線ば弾かすとね、と女たちのざわめき。

あの頃、豊子を叱るのはいつもお母さんでした。お父さんは黙って笑っている。豊子の耳はお父さんと同じ形をしている。

小さな豊子の旅立ち

さて、たった十一歳の豊子がひとり浪曲の世界へと旅立つ、その事の次第を申し上げましょう。

佃　雪舟《つくだせっしゅう》という中看板の、つまり中堅どころの浪曲師がいた。この人、そもそもは戦前に大衆路線まっしぐらの大都映画の俳優だったのが、流行りの浪曲映画に出たのがきっかけで浪曲師に転向する、それが昭和十九（一九四四）年のこと、当時の大看板の天光軒満月《てんこうけんまんげつ》の「父帰る」みたいな演題が好きでね、はい、これは菊池寛原作の文芸浪曲です、それを佃雪舟は自分でも演じた。小さな豊子をスカウトしたのは、一座を組んで盛んに地方巡業をしていた頃のこと、昭和二十三年、二十九歳、売り出し中の若き座長でした。

さて、九州といえば、明治からずっと、都落ちしてきた桃中軒雲右衛門《とうちゅうけんくもえもん》が福岡で捲土重来《けんどちょうらい》の再起を果たして以来、浪曲のメッカ。とりわけ旧暦六月の「よど」と呼ばれる夏祭りの頃は旅巡業の浪曲師には絶好のかきいれどきだったという。きっと佃雪舟もそんな九州巡業の途中に佐賀劇場にも乗り込んできた。このとき佃雪舟は旅の道連れの専属曲師を探していた。その話を杵島炭鉱の炭坑夫のおかみさんが耳にした。浪曲は炭坑でも大人気です、このおかみさんも七色の声で有名な浪曲師伊丹秀子に息子を弟子入りさせている、だから、佃雪舟の意を受けて、それはもう積極的に小さな豊子を勧誘したわけです。

おかみさんが市場でばったり会った豊子のお母さんにこう言った。あんたとこの娘、三味線弾きよったろ、ちょっと佐賀劇場の楽屋に連れてってもよかね？　あっという間に小さな豊子は佐賀劇場の楽屋にいて、棹の太い三味線を持たされる、ちょいと弾いてごらん、ふーん、いいんじゃない、と言ったのは、三味線の応援で来ていた天光軒満月の二番目の奥さんで曲師の照子師匠だ、佃雪舟が、おまえさん、東京に行くかいって聞いたなら、小さな豊子はおどりあがって、行きたい、行きたい！　東京に行けばもっと踊りのお稽古ができる、踊りのお師匠さんになれると思ったんだ。

話はとんとんとんと進んでゆく、佃雪舟は、善は急げだ明日からおいで、一緒に九州巡業して東京に行こうと言う、家に帰って豊子がお父さんお母さんに話したなら、あんたが行きたければ別に止めないよと二人は言う。もちろん二人は、豊子が旅立つ先が浪曲の世界だということを知っている。

おそらくね、いまも豊子師匠の心のうちに住む小さな豊子が言うように、とんとんと進んだ話じゃなかったんだろう。でも、旅するカタリの私は小さな豊子の声を大事に大事に聞くんだ。そうしてその大切な声をあなたに手渡すんだよ。

小さな豊子は、東京に着く頃にはもう浪曲

の節をあらかた聴き覚えていた。豊子の小さな耳はとてもいい耳だった。

痛いときはしょうがない

思えば私は、浪曲師玉川奈々福と曲師澤村豊子と連れ立って旅をしながら、豊子師匠の話をずいぶん聞きました、博多で新幹線に乗って東京まで休みなく、ということもありました。豊子師匠の胸底からは泉のようにこの七十年の想いが湧きいずる。十一歳の豊子は浪曲師佃雪舟に弟子入りして東京にやってきた。そのとき豊子は浪曲の「ろ」の字も知らなかったんだ。いったいそれからどうなった?

豊子師匠曰く、

——東京に着いたらすぐに浅草の澤田興行社ってとこの二階に連れてかれてね、そこに山本艶子師匠がいたの、この人は天光軒満月先生の最初の奥さんだよ、天光軒満月といえば大看板でしょ、その相三味線だった艶子師匠も屈指の曲師だよ、そんな人のとこに佃さんはあたしを連れてったんだ、浪曲の三味線は浪曲師が一緒にそこで唸らなくちゃ稽古にならないから、佃先生が唸るでしょ、そしたら艶子師匠も舞台と同じように一所懸命弾いちゃうわけよ、はい愁嘆、次はバラシ、今度は攻めって、いろんな節を全部やる、それを私も艶子師匠と向かい合って三味線を持って、ずっと追いかけて弾くんだ、節を盗むんだよ、けど、盗めるところと盗めないところがあってね、で、佃さんとこに帰ると、もうすぐにも佃さんと面と向かって三味線を弾かされる、けど、そんないっぺんには覚えられないよね、弾けないと、違う違うここは間が違うって、トントンと膝を叩かれる、それがいやでねぇ、もうおうちに帰りたくてねぇ、でも、ひとりで帰ることもできなくてね、だから諦めて佃先生のとこにずっといたんだ……。

そうか、そうだったんだと私はうなずく、そして、お師匠さんのあのコロコロ弾んでまわる三味線の手、澄んだ音色、これはもう相当稽古したんでしょう？ と誰もが聞くこと

三味線を抱く小さな豊子

をやっぱり聞く。豊子師匠があっさり答える。いや、稽古で苦労したって思いはそんなになないの、稽古なんて、だって、あたしは浪曲をやりたくて東京にきたんじゃないんだ、ほんとにね、根っから真剣に勉強したことはないんだよ。

そう言ってひと息ついて、また豊子師匠が言う。そうだね、いま思えばあたしは最初からとてもいい三味線の先生についたんだね、厳しかったよ、艶子師匠は、一切子ども扱いしないんだ、三味線は爪で弾くんだ！ 糸を指の腹で押さえるな！ ってね、いまでもそのとおりに指をグッと曲げて爪で糸を押さえるから、自然と爪に溝ができる、爪に糸道ができるんだ、毎日弾けば糸が爪にどんどん喰い込んでジンジンするよ、血は出ないけどね、人差し指の代わりに中指で押さえることもあ

るよ、痛いときはしょうがないからさ。
そうなんだね、痛いときはしょうがない、そうやって小さな豊子もジンジンと三味線を弾きつづけてきた。

ちょっと寄り道　浪曲は三下がり

さて、小さな豊子がまだ佐賀の北方町の家にいた頃にお稽古していたのは端唄の三味線です。でもね、東京でお稽古するようになった浪曲の三味線は端唄とは全然違ったね、と澤村豊子師匠が言う。浪曲は全部三下がりで弾くんだもの、だからあたしは歌謡曲も都都《どど》逸《いつ》もなんだって三下がりで弾いちゃうのよ、というわけで、今日の話は、豊子師匠が語るその「三下がり」のこと。これは、つまり、浪曲三味線の調弦についての話です。

三味線の調弦というのは、ざっくりと分ければ三つ。「本調子」と「二上り」と「三下がり」。三味線の音を洋楽の音階で説明するのはちと乱暴なのですが、三味線の三本の糸を一番上の太い糸から順に「ド↓ファ↓ド」と音を上げていくのが本調子、本調子を基本の調子として、「ド↓ソ↓ド」と二番目の糸の音が本調子よりも上がるのが二上り、「ド↓ファ↓シ♭」と三番目の糸の音が本調子よりも下がるのが三下がりです。二上りは明るい気分、三下がりはなにやら哀愁が漂う。浪曲の三味線はこの哀愁の三下がりで演奏されるのです。そこが独特、嗚呼泣き笑い、哀愁の三下がり。

と、ここまで語って、ふっと想い起こしたのが、『実録浪曲史』という本で見た農民文学作家和田傳の言葉であります。浪曲の人気を底から支えたのは農村なのだ、という趣旨のことを和田は語る。もちろん都市でも浪曲はよく聴かれている、とはいえ都市労働者の多くもまた農村出身ではないか、と和田は言う。

農村と浪曲と哀愁。もしや、こんなタイトルで明治以来このかた近代日本が歩んできた道を語れるのではなかろうか、私もふっとそんなことを考えた。お国のために米を送り、都市に労働力を送り、戦場に兵士を送り、日本の外に移民を送り出してきた地方の村々に下支えされて、産業革命を成し遂げ、戦争に乗り出し、戦争に敗けて、それでもまた高度経済成長へと向かっていく、その風景の底に流れる泣き笑いの哀愁、浪曲……。

和田傳は農村と浪曲を語って、「農民は浪花節が好きである」、まずはそう断言する。

それはもう例外なく好きなのだと、年寄や中年ばかりでなく、アロハシャツを着て指輪をはめて喫茶店でコーヒーを飲むような若者もやはり浪曲が好きなのだと、彼らは浪曲や浪曲師について蘊蓄なんぞは垂れることなく、ただもう浪曲があれば、あの義理と人情の世界がそこにあればいいのだと。

なぜ？

戦前戦後と農村を見つめつづけた作家和田傳はこう答えます。

「農民は、うちに不平や抗議をいっぱい持ちながら、なお表現を持たずに黙々としているのだ」（『放送文化』昭和二十四（一九四九）年より）。

なるほど、そういうことであるならば、旅するカタリたる私にも言うべきことがある。

またもや寄り道　カタリの秘密

ここ数年、私もまた、かつて旅人たちが歌と物語を語り伝えた道をめぐり歩いていたのです。物語とは旅する体が運ぶもの、道ゆく声が語るもの、という思いが私にはある。それは十五年ほども前に、この世の片隅の島から島へ三線《さんしん》ひとつで生き抜いてきた浪《ナミイ》という名のおばあと出会って以来、ますます深まったものでした。(この浪おばあとの出会いが浪曲師玉川奈々福との出会いにつながり、奈々福から曲師澤村豊子へと縁は結ばれてゆく)。しかし不思議なのは、浪おばあ自身はこの世への呪詛の塊なのに、いったん三線を手に歌い語れば、呪詛が祈りに変わる、祈りの語りが生まれいずる、どうやらそこにこそ旅するカタリの秘密もあるようなのです。

ともかくも私も歩いた、昭和の半ばまで越後の高田瞽女が語り伝えた「山椒太夫」の物語を追いかけて、歩いた歩いた、丹後由良の峠道、荒れる日本海に臨む上越の加賀道に佐渡の海辺、福島の山中の信夫古道、津軽のお岩木様……、語りの道はいまでは細くて狭い旧道ばかり。その路傍には道祖神、賽の神、地蔵、馬頭観音、権現塚……、辻の小さな祠にはお狐様に、むじな、蛇……、ほら、この世には、人間どもとともに無数の小さき神々。

千年も前から語り継がれた「山椒太夫」は、旅するほどに語られるほどに変容しました。その土地土地に、風土に根づいた安寿の物語が生まれる、非業の死を遂げた安寿を祀る塚や祠が日本の地方の片隅のあちこちに立つ、安寿は神になる、安寿は本当にこの世に生きていたのだ、理不尽にも耐え抜いたのだ、安寿は私だ、安寿はおまえだ、安寿の魂を鎮めよう、安寿に祈ろう、そんな思いの依代としての物語を人々は語り、安寿を祀った。もとは修験や熊野比丘尼たちが土地の不幸を祟りの物語に置き換えてむじなを祀った権現塚が、さらに安寿塚に置き換えられた土地もある。そんなことに気がつけば、この世の路傍の無数の小さき神々も実のところは、人々の言うに言われぬ思いや記憶の依代だということ、この世には地べたに生きる者たちの数だけ小さき神々がいて物語があるということにも、切実に思いがいたる。

すべての道に小さき神々。すべての道に人々のひそかな物語。物語は旅するカタリたちによって結ばれ、生きることより生まれいずる呪詛も祈りにかえて、祈りとともに増殖する。この自由自在の物語の風景は、神々までをも整理統合近代化した明治以降、だんだんと消えてゆく。神々の近代化は人々の記憶の近代化、物語の近代化でもありました。

そしてとりあえずいま私はこう思っている。千年の語りの道と近代が交わるところに生まれた浪曲とは、物語と近代との最後のせめぎあいの場なのでないか。

ダンスパーティの夜だった

小さな豊子は踊りのお師匠さんになりたかった、東京に行けば、踊りのお稽古もできると無条件に信じて、浪曲師佃雪舟に弟子入りして、東京につくやいなや浪曲三味線の稽古がはじまって、その三か月後にはもう地方巡業の舞台で浪曲の三味線を弾いていた。まだ十一歳、佃美舟と芸名もついて、幼い曲師の旅の日々がはじまった。弟子入り修業の年季は五年、年季が明ければお礼奉公をもう一年。

さあ、豊子師匠があの頃を語ります。

――そりゃ、もう、浪曲の全盛期だったもの。鉄道の会社とか、専売公社とかがスポンサーになって、たばこ農家のとこに興行に行ったりするのよ、専売公社の演芸係の人もついてきてね。鉄道会社や新聞社が主催の慰問公演も昔はいっぱいあった、そうやって地方をまわって、東京に帰ってくれば、今度はお祭りの舞台にも呼ばれる、お祭りのシーズンになるともうかけもちですよ、入れかわり立ちかわり、ひとつやっては次の場所、一緒にお祭りの舞台に出た漫才の人なんかも、自分の出番が終わったら、たったったったっ、かけもちだよー、って駆けだしてく、昔はほんと忙しかったんだ、

お祭りのときは神社から芸能社に依頼がくるの、浪曲も漫才も歌謡曲も入れてこれくらいの値段でって言って一舞台組むんだよ、で、芸能社の興行師が仕切って、あたしらにどこそこの神社に何日の何時くらいまでに入ってくれってね、まあ、こういうふうになってたのよ、

昔ね、林伊佐緒《いさお》さんの「ダンスパーティの夜だった」という曲が大ヒットしたときに、歌謡ショーの一座を組んでみんなでバスに乗って巡業したことがあるんですよ、ショーの舞台は漫才が何組かつづいて、そのあと曲芸さんが入って、そういう色物の中に浪曲も入ってね、最後に林伊佐緒さんの歌謡曲、歌謡曲は楽団でやるわけよ、最後を一番華やかにしたいから、その前にずっと色物をするわけ

よ、漫才、曲芸、手品、浪曲、歌謡曲……、浪曲は色物とは違うけど、彩りよくするために色物の中に浪曲も入れたのね、

もう毎日毎日、三味線弾いてね、でも、なんで浪曲の三味線なんかを一所懸命弾いてんだろ、あたしは踊りをやりたいのに、って思いがあるから、ほんとにいやでいやでしょうがなかった。

「ダンスパーティの夜だった」のヒットは昭和二十五(一九五〇)年。豊子はまだあどけない十三歳。その翌年からラジオの民間放送がはじまる。肥料や農機具、自転車、家庭医薬の会社がスポンサーとなってラジオからがんがん浪曲が流れだす。狙いは農家。

あの頃、浪曲の一座はハンセン病療養所にも慰問に行きました。それは、すでに治る病気だったハンセン病の患者を強制的に療養所に送り込む、戦後の無癩県運動が繰り広げられていた頃のことでもありました。

げんこつの拍手

語りと癩と言えば、切っても切れない。それは鎌倉時代も末に、踊念仏の一遍上人が「信と不信」「浄と不浄」をわかつことなく、その当時「餓鬼病《がきや》み」と呼ばれ、不浄とされた癩者をも受け入れた布教の旅の中に原風景がある。死ぬまでこの世をさまようばかりの餓鬼病みたちも、南無阿弥陀仏と唱えて旅する一遍の一行についてゆけば、施しを受けられる、熊野を本拠地にする念仏聖《ひじり》たちは、熊野権現におすがりすれば病も癒える救われると教え導く、「餓鬼病み」の熊野への旅を助ければ、助けた者もまた救われると人々に

浪曲公演の旅

説き聞かせる、「餓鬼病み」とは「餓鬼阿弥」なのだ、病み崩れた餓鬼病みを乗せた土車を熊野に向けて、一引き引けば千僧供養《せんぞうくよう》、二引き引けば万僧《まんぞう》供養……。そうして日本の五大説経のひとつ「小栗判官」が生まれた。

物語る念仏聖たちの旅は、道を伝い、時を伝い、無数の旅するカタリの声を伝って、やがてちょぼくれちょんがれ祭文瞽女唄浮かれ節浪花節浪曲へと遥かにつらなり、いまへと結ばれてきた、はずなのだけど、いったいあの「餓鬼病み」たちはどこに消えたのでしょう？

さあ、時は昭和だ、熊野権現に頼らずとももう癩は治る病だ、なのに未だに餓鬼病みの影を負わされて社会の外に追われて生きる者たちがいる、そこに旅の浪曲師一行が呼ばれてゆく、そのとき、おかっぱ頭の曲師豊子が、わあああ、と声をあげたのです。

――だって、大変なとこにきちゃったと思ったんだよ、離れ島でね、松が生えてたよ、島のずっと山の中の林の中に入っていくと、ちゃんとおうちがあったんだよ、学校の寄宿舎みたいに平屋の屋根が並んでいたよ、どこの県だったかなぁ、そこには特にそういう施設が集められているって聞きました、あたしはね、ただついていって、着いて初めて、こ

こはこういうところと教えられたんです、会場は板張りのちょっと広めの部屋、演台を置いてテーブル掛けをかければ、もう浪曲はできるからね、ええ、確かにね、手のない人とかすごい顔の人もいたよ、でも関係ない、浪曲をやれば、舞台がよければ、手がなくたって拍手してくれるんだ、喜んでげんこつで拍手してくれるんだよ、そういえば、こないだテレビでちらっと見たけど、まだまだ療養所にいらっしゃるんだねぇ、あたしが慰問に行ったのはもう何十年も前、二十歳にもならない頃のことですよ、昔はハンセン病とか結核とか、そういうところをまわったもんだよ……。

じっと豊子師匠の話を聞く私は、浪曲のおもとにある、遥かな昔の、「信不信」「浄不浄」も問わぬ世界に想いを馳せる。癩も結核も貧しさの病であるけれど、一方で、信と不信、浄と不浄で激しく分かたれて声も絶え絶えのいまのこの世界の貧しさを思わざるをえないのです。

第二章　豊子は浪曲から離れて

祈りの路地

ご無沙汰です、世間はますます不穏です、お上のほかは嘘も騙《かた》りも許されぬ、実につまらぬことになりつつあるが、私は忖度を知らぬ愚かな旅するカタリです、さあ語りましょうか、まだまだつづく曲師澤村豊子のお話。

それは二〇一五年十一月初めのこと。東京を飛び立って、佐賀は武雄《たけお》の北方町、曲師澤村豊子が十一歳まで過ごした町を訪ねてみた。博多から佐世保行の特急かもめ、肥前山口で鈍行に乗り換えて、北方まで一時間半あまり。

北方の最後の炭鉱が閉山したのが一九七二年、もう炭鉱町の面影はない。北方駅は小さな平屋の駅、人影がない、タクシーもいない、祐徳バスは北方駅前には一時間に一本、駅前は国道三十四号線、昔の長崎街道です。私はまずは列車が北方へと入る直前に右手に見える山の上、四季の丘公園に行きたい。そこには炭鉱資料館がある。歩いていくのは無理だと、道を尋ねた駅前の商店の車で丘の上まで送ってもらいました。ありがとう。

資料館も無人、炭鉱絵馬を飾るケースの上には大きなゲジゲジが一匹、干からびている。時の流れから放り出されたような空間です。展示の北方炭鉱社宅街の古い白黒写真を見れば、二列に遥か彼方まで同じ規格の長屋が並んでいる。軽く百棟はあるんじゃないか。あの中を小さな豊子のお父さんは行商してまわったのだろうか、あそこに暮らした人たちは

路地の祈りの空間

いったいどこへ流れて行ったのだろうか。
うねうねと緑の濃い丘をくだる、埃舞う国道へと降りてゆく、歩く距離じゃないと言われたが、旅人は武雄方面へとひたすら歩きます、武雄市役所北方支所を過ぎて、眼鏡市場が見えたら右に曲がれ、と通りすがりの人の教え、さびしい、陽が落ちてゆく、古いかまぼこ型の北方西体育館では少年たちが剣道の稽古中だ、体育館の裏手には刈り入れの終わった田んぼが広がる、そのさらに向こう側に小山、あの山すそがめざすところなのです、七十年ほども前に曲師澤村豊子があとにした路地。
崖沿いの路地にはいかにも古い小さな茶色の平屋が並んでいる、見知らぬ人間が地図を片手に路地を覗き込むから、近所のおばさんたちが声をかけてくるんです、かくかくしかじかと事の次第を説明すれば、昔のことはわかんないけど、ほら、あの家、あそこは古いよ、声をかけてやろうか、と、この辺りのご近所づきあいがしのばれる。
いいんです、ただここに来たかったんです、と、私は十一歳の豊子と歩くような心持ちで路地をゆく、百メートルもないだろう、その路地のなかほどに祈りの空間がありました。磨《ま》崖仏《がいぶつ》。崖に梵字《ぼんじ》で十三仏の尊名が刻まれている、キリク（阿弥陀如来）、タラク（虚空蔵菩薩）と、十三の梵字、その下には優しげな顔のお地蔵さんの姿も彫られている、まだお供えの花も新しい、今日も誰かが祈ったのだろう、旅する者は祈る者でもあります、私もじっと手を合わせる、あたりは夕闇。

後日、豊子師匠が言いました。まことにあっさりと。磨崖仏？　覚えてないねぇ、ええ、崖は確かにありましたよ。

お父さんと三味線

もう六十年も前にあとにした故郷の風景など、細かな覚えなどないのも当然なのかもしれません。でも、この曲師澤村豊子という人には、なんだか、故郷さえも遠い旅のひとコマのような気配がある。

十一歳で東京の浪曲師の内弟子になって五年の年季があけるまで、佐賀の北方の家には一度も帰ることはなかった、東京に出て踊りをやりたかったんだ、浪曲はいやだいやだ、花札やサイコロ博打をやるような人たちもいやだいやだと言いながら、浪曲の舞台にあがる、それでも曲師は客席には姿を見せずに三味線を弾くから、それがささやかな心の救い。そんな話も本人から聞きました。

でもね、おそらく豊子は、浪曲界に漂うヤクザな空気には馴染めずとも、三味線そのもの、芸事それ自体は好きだったんだろう、自分の手で自由自在に音を響かせる、その喜びを知っている、その苦しみも知ってしまった、その意味では骨の髄から芸人なんだろう、旅するカタリの仲間なんだろう、そんな気がしてなりません。

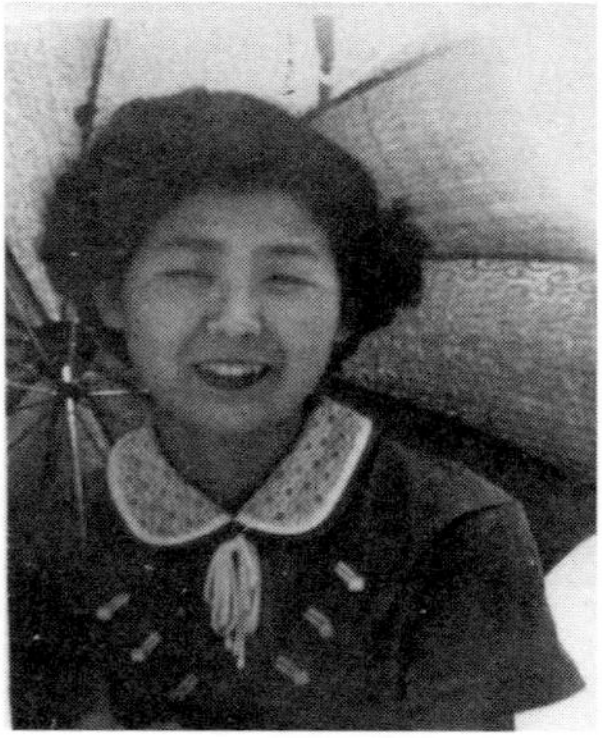

修業時代の澤村豊子

　これまでに豊子は大怪我を三回、そのうち二回が三味線を守るための事故でした。一度は二〇〇九年、東京秋葉原、駅の上りエスカレーター、前に立っていた男性が倒れてきた。豊子は咄嗟に三味線ケースをわが身で覆ってかばう、その上に男性が落ちてくる。背骨二箇所、腰一箇所、骨がつぶれた。もう一度は、つい最近、二〇一六年十月、浪曲定席の浅草木馬亭でのこと、三味線を手に舞台に上がり、まずは三味線を台の上に、自分も台に上がろうとした瞬間に足が滑った、慌てて右手をつくにも三味線の上につくわけにはいかない、と、それはもう反射的に三味線を避けて、台の何十センチも下の床に思いきり右手を突けば、ぼきり、手首が折れた。

　さて、三味線といえば、豊子にはけっして忘れられぬ父の思い出があります。

　年季明けの休暇で五年ぶりに帰郷したときのこと、十六歳の豊子は従弟に誘われて武雄の町に映画を観に行った、たっぷり遊んで帰宅した時には夜の九時をまわっていた、家の雨戸はぴたりとすべて閉まっている、開けて、開けて、と戸を叩いても開けてくれません、女の子がこんな遅くまで何やってんだっ！　ようやく開けてくれたお父さんは、いくら謝っても許してくれません、それどころか、ついに豊子の三味線を、ぼきり、へし折った。

それから数日後のことでした、お父さんが倒れたのは。結核でした。でも、もう休暇は終わる、豊子は東京に戻らねばならぬ。

昭和二十八（一九五三）年秋、父はこの世を去りました。享年五十一歳、普段はけっして怒らない父でした、芸事の好きな人でした、芸の世界に入った娘が一人前になるのを待って逝ったかのようでした。

大黒柱の父はもういない、これからは三味線だけを頼りに生きてゆく。

いまここに歌はあるか

時は昭和二十八年、朝鮮半島では悲惨な戦争がようやく休戦に向かっている、日本は戦争特需で息を吹き返す、あと五年もすれば日本の戦後も終わるだろう、そして旅するカタリが想うのは、あの頃、朝鮮半島との往来が封じられている中で、絶望的な思いで戦火の中の生まれ故郷とそこに暮らす者たちを案じる人々がこの日本には何十万人といたということ。そのなかには元浪曲師、朝鮮人キムもいたはずだ。

もうずいぶん前に私が語ったキムのことを、あなたは覚えているだろうか、言いようのない思いをのみこんで生きる無数のキムのことを。

日本の各地から、福岡ならば板付《いたづけ》から、そして沖縄の米軍基地からも朝鮮半島へと爆撃機が飛び立つのを見ている無数のキムがいたはずなのだ、そう、キムと言いながら、私は旧植民地の民という意味合いをその名に込めている、キムと言いつつ金城だとか山城だとか沖縄の人々の名も含み込んでいる、旧植民地なのか、いまも植民地なのか、いったいわれらはどこの何の植民地なのか、そんな問いを宿しつつ、旅ゆくカタリは明日は沖縄の高江に現れるかもしれない、福島にいるかもしれない、なるほど、声を封じられ記憶を盗まれた者たちのいるところ、そこが植民地なのだろう、いや、待て、ならば、いまやどこもかしこも植民地のようではないか、そこに歌はあるか、物語はあるか、歌う者が主で、聴く者もまた主である歌は、物語は、いまここにあるか……。

いま一度、時は昭和二十八年。豊子の年季が明けました。とはいえ、あと一年、浪曲師佃雪舟へのお礼奉公が残っている、それでも佃が暇な時には、他の浪曲師に貸し出されもした。この頃、三波春夫はシベリアから戻ってきてもう四年、反軍国主義を謳いあげる啓蒙的浪曲から再出発して、だんだんと地べたに生きる庶民の心の語りに変わりつつありました。ラジオの民間放送も一気に広がり、ラジオからは浪曲が怒濤のように流れ出す。戦時中、大陸で諜報工作をしていた浪曲師国友忠は、ラジオ東京の専属になる。

国友忠は舞台よりもラジオに重きを置いた浪曲師です。大看板木村重友《しげとも》門下で、もとはいかにも浪花節の野太い声で唸っていたというが、ラジオ時代に向けてマイク用の発声を熱心に研究した。まるでフランク・シナトラのような、高くて柔らかいあの声は、研究の賜物。演題も工夫しました。戦後GHQの指令で、「忠臣蔵」をはじめとして上演不許可となった演題多数、そこで国友は、江戸の名工左甚五郎の物語や、野村胡堂の「銭形平次」

を次々浪曲化した。

専属曲師を持たなかった国友忠は、佃雪舟から豊子をよく借り出していました。そして、お礼奉公を終えて自由の身になった豊子を、今度は国友がスカウトしたのです。

豊子は浪曲教室へ

ただでさえ多感な十七歳、浪曲の世界がイヤでイヤでたまらなかった曲師澤村豊子にとって、浪曲師国友忠からのスカウトほどありがたいものはなかったのではないか。というのも、国友は、まずは自身が東京赤坂に開いた浪曲教室にきてくれと豊子に頼んだのです。

昭和二十九（一九五四）年、文化放送では「浪曲学校」、ラジオ東京では「浪曲天狗道場」がはじまっている、開局したばかりのニッポン放送では、浪曲番組がいきなり週に五本だ、この時代、日本に生きていて浪曲を知らないといったら、大嘘つきになりますね。そして国友の浪曲教室での豊子の役割はといえば、浪曲をかっこよく唸りたくてたまらない素人さんたち、いわゆる天狗連のために三味線を弾くこと、そして講師としてやってくる売れっ子浪曲師、たとえば広沢虎造や二葉百合子らの曲師を務めること。つまり、教室専属曲師。教室とはいえ、そこは元料亭の建物で、趣のある広い座敷で気持ちよく声を出す、三味線を鳴らす。

それまで、豊子は、どれほど浪曲の世界を嫌っていたことか。こんな逸話があります。

そもそも明治の桃中軒雲右衛門以来、浪曲の舞台ではたいていの場合、曲師は屛風の陰に隠れて客席からは見えない、ただ浪曲師と

浪曲教室

だけ息を合わせることになっていた。評論家平岡正明に言わせれば、「浪曲師と曲師は夫婦であることが多い。屏風に隠れて曲師は聴衆と直に向き合わなくなった。ただ亭主の出す声、曲調に意識を集中すればよい。だから浪曲の三味線はときどきあられもない声を出す。浄瑠璃の合いの手ではけっしてきかれない色っぽい声、野獣の唸るような声、尻をひっぱたくような声……つまり亭主にしか聞かせられない声だ」（『浪曲的』より）。なるほど。しかし、まだまだおかっぱ頭の少女だった豊子にとっては、この屏風の隠れ蓑ほどありがたいものはなかったのです、舞台で三味線を弾く姿を誰にも見られたくなかった、外では自分が浪曲の曲師だとはけっして言わなかった、それは七十歳を過ぎるまで変わらなかった、なのに、あるとき、それはまだ十五歳の頃、たばこ農家慰問の巡業の演芸公演でのことだったか、その会場では屛風の陰にたどりつくまでに聴衆の前を通らねばならなかった、豊子は三味線の細い棹で顔を隠してイヤだイヤだ、と、そのとき誰かが豊子の背中をバンと押した、「あんた、芸人になったんだろ!」、漫才コンビこゆき・つやこのこゆき姐《ねえ》さんの一喝でした。

こゆき姐さんはやがて南篠文若、のちの三波春夫の妻となる、姐さんは誰よりも三波春夫を三波春夫たらしめた人である、そして、のちのち、曲師澤村豊子の現在に深く関わる人にもなる。

だが、いまは国友忠の浪曲教室で三味線を弾く若き豊子の話だ。

豊子はすべての音を盗む

昭和二十九年から五年間、浪曲師国友忠主宰の浪曲教室で誰より勉強したのは、間違いなく曲師澤村豊子である。なにしろ生徒数は二百名を越えている、なかでも熱心な天狗連が、教室の曲師に向かってこう言うのです。

「お師匠さん、そこんとこちょっと違うんだよね、レコード聴いて確かめてくれないか」。

当代人気の浪曲師はそれぞれに自分の節を持っているものだから、天狗連はレコードを聴き込んで、そのとおりにやりたい、教室の三味線もレコードどおりに弾いてほしい、つまり豊子は天狗連の憧れるすべての浪曲師の節を覚えねばならない。

その頃、ラジオ東京で「銭形平次」を演じ

て絶好調の浪曲師国友忠も、だんだんと豊子を教室の外に連れ出してゆく。それまで国友は「銭形平次」の三味線を、とある大御所にお願いしていた、それを早く豊子に替えたい、大御所の三味線の手を豊子に覚えてほしい、しかし芸の世界は厳しいものです、大御所は、国友との「銭形平次」の稽古に豊子が聞き耳を立てていることを察すると、あからさまに違う手を弾きはじめるのです。盗まれてなるか、この音を……。それでも豊子は盗んでゆく。

国友が初めて豊子を曲師としてラジオ東京に連れて行ったとき、ディレクターがこう言ったんだそうです。「大丈夫なの、そんな若い娘で?」昭和二十九年の民放ラジオ在京三局の聴取率ナンバー一は、ラジオ東京「銭形平次」の十四・六パーセント。しかもこの番組、月~土の週六日放送、この大看板番組にこんな若い娘が務まるのか? 豊子が三味線を弾きはじめる、ディレクターは音色に聴き入る、「あ、大丈夫だね」。こうして豊子は国友忠の相三味線として、長年にわたりあの澄んだ美しい音を響かせることになりました。その間、豊子は広沢虎造のマネージャーだった〝こうちゃん〟と結婚している。(これはここだけの話、片思いのこうちゃんの粘り勝ち)。

豊子は国友にいろんなことを教わった。たとえば、国友はこんな注文を出す、「ここは場面が変わるから、ブリッジで」。タタタラタララと場と場をつなぐ音を奏でろと。ブリッジなんて発想、浪曲にはなかったよ、と豊子は言います。耳のいい国友はどこに行ってもすぐに土地の言葉を覚える、さまざまな立場の言葉遣い、声色を見事に使い分けて演じる。豊子に対しても、人が駆け出す時、気持ちが奔《はし》る時、そんな時はそのようにと、人の動きと心をつなぐ三味線のコツを教える。

さて、ここでいま一度想い起こしてみようか、戦時中、国友は北支戦線で中国人のなかに紛れ込んだ実に耳のいい特殊工作員だったということを。

そう、国友は、戦場のはぐれ者たちを描いた岡本喜八監督の「独立愚連隊」シリーズ第三作のモデルでもありました。

俺は生きていた

映画「独立愚連隊」第三作は「どぶ鼠作戦」。昭和三十七（一九六二）年公開。舞台は北支戦線、魑魅魍魎の荒野をゆく特務部隊を率いる主人公のモデルが、浪曲師国友忠だ。国友の本名は大熊国一。豊子が国友から聞いたところでは、東京府中の大国魂《おおくにたま》神社のそばで生まれて、「国」の字を名前に頂戴した。これはいかにも昭和の名前じゃないか。大熊国一は北支戦線の陸軍「特種勤務要員」でした。敵と味方のはざまの灰色の任務でした。

大熊の部下は中国人ばかり。仁義も情もあるが、御国や大義の為に働く輩ではない。大熊隊は民情偵察、中国人の集落にも入り込む。空っぽの集落では、部下たちがすぐさま戦果を掻き集めてくる。隊長はそれをすべて部下のものとする。これは中国人の部下に裏切られないための知恵、だから、敗戦後すぐに船に潜り込んで帰国できたのだと、国友は豊子に語っています。

戦地では幾度も死地を潜り抜けた。無惨な

死を見た。その経験は「どぶ鼠作戦」にもたっぷり溶け込んでいる。八路軍と馬賊と日本軍が入り乱れる、特務隊長いわく、「戸籍も国籍もない」荒野の戦場では、実に率直で人間的な言葉が飛びかうのです。「死ぬのが怖い」、「お互い、命だけは大事にとっときましょうや」、「（戦場で逆上した）一時的な気違いが殊勲をあげて国家的英雄になる」、絵に描いたような軍人の鑑、捕虜になっては生きては帰れぬと言い募る青年将校には、「よしましょうよ、修身の教科書みたいなことは。あれは文部省が勝手につくっただけの話ですから」と特務隊長が言い放つ。ドンパチと西部劇のような派手なつくりごとの中に、映画のつくり手たちの真実が見え隠れ……。

さて、ここからは浪曲師国友忠こと大熊国一がみずから本に記したことです。

あるとき、大熊隊が敵にすっぽり包囲された。大熊は部下たちに言う。「一か八か逃げてみよう。とにかく俺が敵を追い払うから、みなその隙に逃げるのだ」。大熊はひとり土壁を飛び越える、三十名もの敵兵に向かって突撃する、不意を衝かれた敵兵がわっと逃げ散る、部下たちがどーっと駆け出す、大熊も死に物狂いで走り出す、びしっ、びしっ、背後から軽機関銃の弾の嵐、躍るように跳ぶように、走って走って走って走って走りつづけた。

その日の夕方、大熊は、荒野に沈みゆく真っ赤な夕日を眺めながら呟くのです、俺は生きていた、手を振り、足を踏み鳴らしてみる、生きている、だんだんと、踊るように、生きている、生きている、狂ったように、叫び声が止まらない、俺は生きていた、生きていたぞー！

戦後、この男が、若い豊子を相三味線に庶民の英雄銭形平次を語りまくるのです。

この昭和の浪曲師の胸には、「戸籍も国籍もない」荒野の忘れもののことが棘のように突き刺さっている。

もう浪曲には未練はない

昭和三十九（一九六四）年、東京オリンピックは世界初の「テレビ・オリンピック」、競技の模様が世界じゅうに生中継されました、もちろん日本じゅうが手に汗握ってブラウン管を見つめている。世はテレビ時代。まさにこの年のことです、ラジオ浪曲の雄国友忠が、病気で浪曲をスパッとやめたのは。国友は茨城の古河《こが》で競走馬の牧場主になった。浪曲で蓄えた資金で入手したその土地は素晴らしく広かった。

浪曲嫌いの天才曲師澤村豊子にとって、それは渡りに船でした。なんと豊子もあっさり引退。まだ二十七歳、翳《かげ》りが見えてはいたが、浪曲はまだ元気だった、なのに豊子は一家をあげて国友の広大な牧場の一隅に引っ越して、子育てをしつつ、牧場の手伝いもする。ごくたまに、馴染みのＮＨＫのプロデューサーのお声がかりで浪曲番組に出演する国友の三味線を弾く以外は、三味線には触れもしない。それどころか、ご近所の奥さんたちと一緒にスリッパ工場にパートに出るという蛮勇！

このパート、機械でスリッパのビニールを貼り合わせるという作業なのですが、火花がパッパッと散る、気を抜くと指先が傷つく。これは、指が命の三味線弾きにはあるまじき所業。ほんとに、もう、浪曲には未練はなかったんだよぉ、と豊子は言うけれど、豊子のあの三味線の音色は、一度聴けば忘れ難い、浪曲をよく知る者ほど豊子を放ってはおかない、そもそも天才は三味線を本当に捨てられるのか？

先回りして言えば、昭和五十四（一九七九）年、四十二歳、本人いわく、不本意ながら浪曲界に復帰いたします、そして、あっという間に歳月は流れ、平成二十九（二〇一七）年二月二十五日には、浪曲のメッカ浅草木馬亭を満席にして、「澤村豊子おめでとう傘寿！&完全復帰の会」が盛大に催される。「完全復帰」とは、右手首がぽっきり折れた平成二十八年十月の事故からの完全復帰です。復帰には半年かかる、という医師の見立てを軽々と吹き飛ばし、二か月後にはうずうずと、もう弾けるよ、と豊子は言い出す、それを宥めて四か月半、喜びの涙に潤む完全復帰と相成ります。豊子の現在の相方、浪曲師玉川奈々福の言葉を借りれば、「日常生活には支障はあるが、三味線弾くには支障なし！」

さて、豊子はいかにして牧場から浪曲へと戻ったのか、その経緯も気になるが、いまは、牧場主国友忠の動向のほうが、もっとずっと気にかかります。

昭和五十六（一九八一）年、国友はレコードを出す。国家が大陸に置き去りにした者たちの声に国友はじっと耳を澄まし、彼らの声そのままに中国語で「我是日本人《うぉすーりーべんれん》」と歌ったのです。昭和五十八年、中国残留孤児支援のボランティア団体春陽会を設立。そして一九九〇年代、残留孤児よりもさらに国の関心が薄い残留婦人支援に尽力する、全財産を注ぎ込む。

我是日本人

その歌物語「我是日本人」は、こんな語りではじまります。

「きっと、きっと、迎えにくるからね、此処にじっとしているんですよ、母はそう言うと、私を一人高梁畑《こおりゃんばたけ》の中に残して慌しく走り去ってしまった。そして、そのまま戻ってこなかった」。

昭和五十六（一九八一）年、国友忠が歌物語をレコードに吹き込んだその年に、政府はようやく、ずっと放置したままだった中国残留孤児の訪日調査を開始する。

高梁畑に残された子どもたちを想い、荒野に棄てられた人々を想えば、北支戦線の元特殊部隊隊長、国友忠はもう居ても立ってもいられない、我是日本人、我是日本人、私は日本人、日本人なのです、国友は肉親を探して一時帰国した残留孤児になりかわり、声をあげた、打ち捨てられた悲しみを語りました。

我是日本人、三十五年前のあの日、高梁畑で生き別れた母は、一時帰国した私にこう言いました、「やっと再婚する事ができて幸せになったばかりだから、私の事は死んだと思って忘れておくれ」。（そうだ、この国はやっと高度経済成長を成し遂げたのだ、過去の負債はなかったことにしたい）。

我是日本人、三十五年前、大陸を逃げ惑う私を見捨てた国は、いままた私にこう言いました、「肉親の見つからなかった者は日本に住む事ができない」。（だが、思い返してもみよ、いまだかつて国家が名もなき民草を慈しんだことなどあったか?)

我是日本人、戸籍も国籍も日本語も記憶も家族も中国の荒野で見失った者たちの永住帰国など認められぬと国が言うのです、「大人たちが自分の都合で勝手に中国へ捨ててきてしまった私たちがどうして日本に住んではいけないの」。(しかも、敗戦の時に十三歳以上の、いわゆる残留婦人が、混乱を生き抜くために中国人の妻となったことを、自己責任だと国は突き放すではないか)。

一時帰国する残留婦人たちのために、国友は牧場の敷地内に御殿のような宿泊施設「ふるさとの家」を建てました。国の無策を見かねて、残留婦人の里帰りや墓参の面倒を見た。傍らでその様子を見ていた澤村豊子が言うことには、残留婦人たちの故郷では、もう親から子へと代も替わって、なかには中国からきた顔も知らないお婆さんの身元引受けなどできないと断る人もいるんですよ、なんて薄情な……。

薄情なのは人なのか、国なのか、「我是日本人」と歌い語った国友の胸に、やがてひそかな決意が宿るだろう、戦争の黒も白も灰色も、軍隊の裏も表も知り尽くしたこの元特殊工作員は、荒野に置き去られた者たちのために、いままた秘密の特殊任務を敢行することだろう。

誰のために、何のために、あの人たちは棄てられたのか、問いと怒りを胸に国友は、綿密にある作戦を練りあげる、それは平成五(一九九三)年に実行に移される。

誰のために

国友の秘密作戦を語る前に、平成二十八（二〇一六）年夏、熊本で思ったことを少しだけ話させてください。それは地震直後の熊本。被害はまだら、復興もまだら、まだらの苦しみは弱き者、年老いた者に集中している。震災にしろ、戦災にしろ、安全地帯に身を置けば、いまここにないまだらの苦しみなど、いとも簡単に忘れます、人間は忘れる生き物、その忘却につけこむ者たちが跳梁跋扈《ちょうりょうばっこ》することほど怖いことはないと、思わず震えたそのとき、私は石光真清《いしみつまきよ》のことを想ったのです。石光は対ロシアの諜報工作要員、熊本市内にいまもある石光の生家も地震で壊れていました。

石光の最後の諜報活動の場は、大正七（一九一八）年、ロシア革命で揺れるシベリアの町ブラゴシチェンスク、陸軍参謀本部の密命で石光はこの町にやってきた。そこには大陸雄飛の夢に誘われた日本人たちがいた。彼らは、「写真師、洗濯業、理髪業、ペンキ屋、貸席などのささやかな商人」。工作員石光は革命側も反革命側も民間人もすべての声を聴きます。反革命側からは、革命軍との戦いのため、この町の日本人による義勇軍を組織してほしいと求められた、そのことは参謀本部も承知していて小さな義勇軍がつくられた、なのに革命のロシアをめぐる列強の思惑の中、参謀本部はこの日本人義勇軍を見捨てる。雪を血で染めた彼らは、シベリアを狙う日本軍のその後の企みのための捨て石でした。

そのとき石光は呻いた、「なにか大きいも

のが間違っていて、私たち人間を奴隷のようにかりたてている。一国の歴史、一民族の歴史は、英雄と賢者と聖人によって作られたかのように教えられた。教えられ、そう信じ己れを律して暮して来たが……だが待て、それは間違っていなかったか。野心と打算と怯懦と無知と惰性によって作られたことはなかったか」。

誰のために?

シベリアの工作員石光の胸に渦巻いた問いは、きっと、北支の工作員国友忠の問いでもありましょう。残留邦人の悲劇を呼んだ満蒙開拓村も、そもそもは関東軍への補給基地として、あるいは軍事上の重要拠点の防壁として構想されたもの、国境の最前線の荒野に送り込まれた二十七万もの人々の戦時の避難のことなど、開拓計画の中にはなかった。開拓民もまた捨て石。国家は人間を守らない。魑魅魍魎の荒野に身を潜めた工作員ほど、そのことをよく知る者はいないだろう。国家のため、荒野に渦巻くあらゆる声を収集することを使命とした彼らは、国家が打ち捨てた民がまだ彷徨いの中にあることを、けっして忘れないだろう。石光真清が関東大震災後の殺伐とした人心の犠牲となった朝鮮人に心を寄せたように、浪曲師国友忠が戦後四十八年後に中国残留婦人帰国作戦を企んだように。

思えば、この荒野の工作員どもは、見事に旅するカタリではないか。

忘れられた主人公たち

それは平成五(一九九三)年九月五日、日曜日のことでした。国の支援も受け入れ先もないまま日本へと帰国した十二人の中国残留婦人が、成田空港で一夜を明かした。手には旗、「細川総理様、私たちを助けてくださいーー中国残留婦人」。

一行は五十六歳から八十歳、もう半世紀近く待ったのだ、もうこれ以上は待てません、自民党には何度もお願いしたのです、でも何も変わらない、親族の承諾、身元保証がなければ帰国は認められぬ、とそればかり、ところが自民党から細川さんに政権が変わったではないですか、太平洋戦争は間違った戦争とはっきりとおっしゃった細川さんならわかってくださるだろうか、戦争のために大陸に捨てられた私たちの帰国につけた条件を、細川さんなら取り消してくださるでしょうか……。

それを「強行帰国」と世間は言った。しかし、自身の生まれた国に帰るのに、「強行」というまったくそぐわない言葉が貼りつく、こんないびつな日本語が生まれる社会は、いったいどんな社会なのか、「帰国」という言葉の意味自体が掘り崩される、言葉が根も葉も失っていくならば、社会もまた根も葉も失っていくのではないか。あるいは、「一時帰国」と言う、「帰国」を国家が永久に「一時」的にしか許さない、それはそもそも「帰国」なのか。この日本語の異常の陰で、言葉を与えられずに押しつぶされる声、声、声、そんな状況に向けて、元陸軍特殊要員、浪曲師国友忠は、まことに注意深く中国残留婦人の「帰国」の物語を構想しました。

国友は、みずからが運営する「ふるさとの家」に一時帰国の残留婦人を受け入れるたびに、物語の主人公たるべき者たちを探した、そのひとりひとりに本当の「帰国」のための費用十万円を手渡した、そして物語の構想を伝えた、なにより大切だったのは、ひとりひとりが真の意味で物語の主人公になること、大きな物語の駒とされ、捨て石とされた者たちが、自分自身の声をあげること。そのための場を国友は用意したのです。空港で一夜を明かす十二人の残留婦人に、国友は旗と弁当を差し入れたのみ、十二人はみずからの声で国に訴えた、強い意志を宿したその声に国は動かざるをえなくなる。そして、ついに、保証人がなくとも帰国できるようになるのです、捨て石にした人々への責務をやっと国が認めるのです。

あっぱれ、浪曲師国友忠！　あっぱれ、十二人の主人公たち！　とはいえ、この世の荒野に捨てられたままの主人公たちは、まだまだ無数にいる、取り戻すべき物語は無数にある、旅するカタリの荒野は果てしない。

さあ、そろそろ国友牧場に引きこもっていた曲師澤村豊子を呼び出そうか。よみがえった豊子の三味線の音は、きっと知られざる物語のほうへと向かうだろう。

第三章　澤村豊子とともに

キムは時の波間に

もうきっとあなたは忘れているでしょう、あの朝鮮人浪曲師キムのこと。一九七九年に十五年ぶりに本格的に浪曲の世界に復帰した澤村豊子の三味線の音色は、いずれキムのもとへと私たちを引き寄せることになるのだが、まずは私が折々語ったキムを思い出してほしい。

キムは植民地生まれの朝鮮人浪曲師だ、慶尚北道永川郡の古鏡という村の生まれだ、以前にこの場でそう語ったら、ああ、僕の祖父《ハラボジ》の故郷も古鏡ですよ！　と人伝てに縁を手繰って、福岡のパクと名乗る方から伝言が届いたのです。驚きました。思いのほか世間は狭い、もしや亡くなったパクのハラボジなら、生きているキムを知っていたのではないか。

キムは大正五（一九一六）年に十六歳でたったひとりで日本に渡ってきた、日本語はカタコトだったはずだ、ところがなにがなにしてなんとやら、三十代はじめには九州のドサ回りの一座の浪曲師になっている、もちろん言葉は生き抜くための基本です、あの関東大震災の後に、十円五十銭をチュウエンコジュッセンとしか言えなかったばかりに、どれだけの朝鮮人が殺されたか、訛っているというだけで、どれだけの日本人が朝鮮人に間違われたか、その恐怖に怯えた沖縄ではどれだけ標準語教育に命懸けになったことか、しかしキムとはいったい何者だったのか。

戦前の九州の田舎廻りの旅芝居と言えば、炭坑とは切っても切れない深い縁で結ばれております（と、これは演劇評論家梁木《はりき》靖弘《やすひろ》さんの「炭鉱の劇的想像力」の教え）、「九州の旅芝居が打って歩く所といえばほとんど炭鉱地帯でした。たいていの所に小さな芝居小屋がありました。宇美にも子安座という芝居小屋があり、小竹に大吉座という小屋がありました……飯塚、香月、長尾、大分《だいぶ》、天道、後藤寺、上山田、下山田、志免、勝田など、くりくり廻り歩いたものです」と、ある旅役者は筑豊の記録文学作家上野英信への手紙に書いている。

生きるために飯場や炭坑をくりくり廻り歩いたのは朝鮮人も同じだ、なるほどキムは炭坑に入ったのだろう、植民地の民、地の底の坑夫、河原者、生まれた土地で生きられぬ流れ者たちの運命がくりくり廻って触れあえば、坑夫キムは芝居者キムに変じもしよう、炭坑をめぐる一座が演じるのは、浪花節に合わせて芝居をする節劇《ふしげき》、あるいは「来年の今月今夜のこの月を僕の涙で曇らせてみせる」と「金色夜叉」の名調子に涙するような新派劇、そのどちらかしかなかった時代にキムは節劇の浪曲師となり、やがて、人知れず、時の波間に、消えていってなるものか……。

ほら、キムは待っているよ、呼び起こされるのを待っている。波間のキムは、いま、われらとともに、よみがえった澤村豊子の三味線の音に耳を澄ませている。

気がつけば浪曲復帰

豊子の浪曲への復帰を語るなら、まずは国民的歌手三波春夫の話です。三波春夫と言えば、アリランアリランアラリヨ、浪曲師南《なん》篠《じょう》文若《ふみわか》時代に三波が舞台の余興に歌った朝鮮民謡を豊子は思い出す。シベリア抑留時代に覚えたのかねぇ、それがまたお客に受けたんだよ、と豊子は言い、実際、浪曲よりテンポのよい歌のほうが客席が湧くという経験は、南篠文若の歌謡界進出のきっかけでもありました。昭和三十二（一九五七）年、三波春夫の名で「チャンチキおけさ」でデビュー、昭和四十五（一九七〇）年、「世界の国からこんにちは」のあのキラキラとした歌声は、人類の進歩と調和の大阪万博の風景とともに当時小学生だった私の骨の髄まで染み込んでいます、運動会で踊らされましたから。

世の中はトントントンと右肩上がりに何もかもが高度成長、豊子が茨城の古河に引っ込んだ直後の昭和四十年から、警察庁が広域暴力団壊滅に乗り出している、芸能興行の世界からヤクザな気配が消されてゆく、豊子がイヤでイヤでたまらなかった楽屋のあの空気も、豊子が浪曲へと復帰する昭和五十四（一九七九）年にはかなり消えている。この頃にはもう、遊芸の旅の地図など、メディアのネットワークにすっかり吹き飛ばされて、昔のような巡業は到底無理です。芸能の近代化、とも言えましょう。あるいは忘却、とも言えましょう。近代化とは、汚れや穢《けが》れや哀しみ苦しみ痛みを背負わされて地べたに生きる者たちを、人知れぬ闇に押し込めていくことのようでもありました。人々はだんだんナニカを忘れていく、何を忘れたかも忘れていく。

さて、豊子はいかなる経緯で浪曲へと舞い戻ったのか。

引き戻したのは、かつての巡業の芸人仲間

だったこゆき姐さんです。三波春夫の妻であり、三波を三波たらしめた最大の功労者。その姐さんが、三波がＮＨＫの「ビッグショー」で浪曲をやるから三味線をお願いできないか、と言ってきた。即座に豊子は断る。もう長いこと三味線に触ってないから無理だよ。だが、姐さんは手ごわい。あたしはね、おかっぱ頭の時から三味線を弾いてるあんたをよーく知ってるんだ、弾けないとは言わせない！

豊子はほんの数分、ＮＨＫで弾きました。それを知った他の浪曲師たちも豊子に声をかけてくる。そのうちのひとりがヤング浪曲で人気の太田英夫、後の二代目東家浦太郎、そのレコード吹込みの三味線を頼まれたのです。豊子が言うには、断るつもりで、古河まで稽古に三か月通ったら弾いてあげるって強気に出たら、太田さんったら本当に通ってくるのよ、レコードができれば今度は舞台で弾くことになって……、あらまあ、気がついたら復帰してました。

とはいえ、キムへとつながる浪曲師玉川奈々福との運命の出会いまで、まだあと二十四年ある。

玉川奈々福登場

それは実に空恐ろしいことだった、と浪曲師玉川奈々福は曲師澤村豊子との出会いを振り返るのです。

奈々福は、全盛期の浪曲を知らぬ平成の浪曲師。大学を出て普通に就職をして、それがある時思い立って浪曲協会の三味線教室に通い出す。平成六（一九九四）年のことでした。求めていたナニカがそこにあったのでしょう、すぐに浪曲師玉川福太郎のもとで本格的に曲師の修業を始める。それからだんだん道を外れて、ますます声が疎かにされる時代にいっそう声にのめって、奈々福流に言えば、愚かになってゆく。

浪曲師と息を合わせて三味線を弾くからには、自分でも浪曲を演じてみたほうがいいぞと、福太郎師匠の勧めで浪曲の修業にまで踏み込んだのが平成十三（二〇〇三）年、そして駆け出しの浪曲師だった平成十五年に初めて曲師澤村豊子と縁を結ぶことになるのですが、その経緯がとにかく恐ろしい。

なにしろまだぺーぺーですよ、なのに勉強会のために頼んでいた若手曲師が、都合が悪くなったと、勝手に澤村豊子に代役を頼んだという、澤村豊子と言えば、佃雪舟、国友忠、三波春夫、村田英雄、二葉百合子等々、名のある方々ばかりを弾いてきた雲の上のお師匠さんですよ。

稽古をするから古河においでと豊子が言う、奈々福は遥かな古河へと馳せ参じる、するとそこには豊子の長年の芸のパートナー、国友忠がいるではないか！　予想外の展開に驚愕しつつも、まずは演じてみろと言われ、豊子の三味線でエイヤッと演じれば、「ゼロからやり直せ！」と一喝。それから週に一、二回の古河詣でが始まった。しかし、奈々福の師匠玉川福太郎も大した人です、大いに学べと弟子を他流稽古に送り出した。

国友は厳しい、稽古が終わるとすぐに手紙をよこす、課題がずらずらずらと書かれている、それが一年半。国友は府中の鳶《とび》の息子だ、芸風も粋だ、目の演技、セリフ回しの技も半端ない、節も関東節なら「愁い」に「地節」

に「阿部川町」、「阿部川町」ってのは大看板、初代木村重松の得意の節の呼び名で、木村重松が住んでいたのが浅草の阿部川町なんだよ、国友得意の銭形平次を演《や》るなら「国友節」「速い愁嘆」、「攻め」にも短いのと長いのがある、「きざみ」に「ばらし」、低調子の関西節なら「やっこ」もある。

　思いもかけず奈々福は、国友から浪曲の世界を渡る武器をもらったのです。大切な演題もいただいた。それは豊子との縁をさらに深めることになる。奈々福いわく、曲師澤村豊子は、腹を合わせられる三味線、自在に浮かれて自由に跳ぶ三味線、つまり天才だ、その三味線に玉川奈々福はころころと乗せられ育まれる。

　奈々福は敬意を込めて曲師澤村豊子を衝立の陰から引っ張り出しました。奈々福の舞台で豊子は初めて顔を出して三味線を弾いた。六十六歳でした。豊子は昭和の匂いのしない掟破りのこの若い浪曲師が気に入った。もう運命の輪は回りはじめている。

声のアナーキズム

　言うまでもなく玉川奈々福は旅するカタリの一味です。オロカモノです。平成の世に浪曲師になるということは、みずから語りの場と道を切り拓いていくほかない苦難の道です。

　かつては日本国内津々浦々、帝国の膨張とともに台湾、朝鮮、満州、サハリンと、植民地にも語りの道は延びて、戦線拡大すればシンガポール、ビルマ、中国……と、戦地まで。その旅の地図が敗戦と同時に帝国地図もろともギュっと縮まる、あまりの収縮の速さに植民地の記憶も戦場の記憶も弾けてこぼれて消されていきます、やがて、語りの場も道も、戦後の新たな発展の物語にのまれていく……。

それは、つまり、かつて旅するカタリたちの無数の語りの場では、語り手や聞き手こそが物語の主、世界の主であって、その意味ではこの世界には無数の中心があったというのに、いまや名実ともに世界の中心はひとつ、記憶も物語もお墨付きの正しいものがただひとつ、ええ、つまり、私もあなたも大多数の人間は世界の中心にはいないということですね、私たちは実のところ、ほとんどが自覚なしの記憶喪失ですね。

私自身のことを語りましょうか。私は物心ついたときには韓国籍でしたが、生まれたときはまだ無国籍。そのことにハッと気づいたのはつい最近です。植民地出身の忠良なる帝国臣民だった私の両親は、昭和二十七（一九五二）年、日本がサンフランシスコ条約で主権回復をすると同時に日本国籍を失った。数十万の人間の運命を変える重大な身分変更が、法ではなく、一片の行政通達によって行われた。しかも、日本国籍を失う＝韓国籍になる（あるいは北朝鮮籍になる）、ではないのです。ただ無国籍になる、国家の庇護を受けない存在になる、その無国籍状態を植民地朝鮮出身という意味で「朝鮮籍」という。思えば、一九五二年秋にこの世を去ったあの朝鮮人浪曲師キムも、無国籍で死んでいったはず。

当時日本にいたほとんどの朝鮮人にとって、選択を迫られた二つの朝鮮半島の国家は、どちらも自分よりもあとから生まれた国家、歪んだ地政学によって出現した国家です。国家なんて所詮つくりもの、人はみずから国家を選べないのでしょうか、国家だけが人間を選ぶのでしょうか、国家の記憶、国家の物語、国家という中心にのまれずに生きる術はないのでしょうか、こんな大事な問いをなぜにわれらは忘れるのでしょうか？

あらためて。私は旅するカタリです。旅するカタリの声は無数の小さな中心をこの世に立ちあげる。語りとは声のアナーキズムなのだ。と、これは勢い余った私のひそやかな宣言。

旅するカタリの一味には玉川奈々福がおります。在日のパンソリ唱者安聖民もいます。私たちはくりくり廻る旅の途上で知り合った。そこにはもちろん豊子もおります。

キムへの超高速カウントダウン

旅するカタリの一味の名は「かもめ組」。それぞれに九〇年代から蠢きはじめた。

玉川奈々福は一九九五年から曲師に、二〇〇一年には浪曲師の修業に入る。

安聖民は、一九九八年、大卒後九年間就いていた教職を投げ打ち、生まれ育った大阪から韓国へと、語り芸パンソリの修業に向かう。しかし、無鉄砲にもほどがある、知り合いただひとりを頼りに、何も分からぬままに旅立ったというのだから。しかもパンソリの言葉はネイティブ韓国人にも難しい全羅道訛り、そもそも韓国自体が在日にとっては異郷、安は韓国のパンソリ修業仲間に「日本《イルボーン》」と呼ばれました、日本ではチョーセンと呼ばれてね、生まれ育った日本も異郷、異郷とはこの世の本当の名前なのでしょうか、そう、だから安聖民は異郷の声のパンソリ唱者の道をゆく。

そして姜信子。この人は、大きな声、白黒分かりやすい話は信じないヘソ曲がり、旧植民地の民の漂泊の旅の行方を追って島々を彷徨う。二〇〇三年、遥かな歌声に引き寄せられて、日本の南の海の八重山群島石垣島で、沖縄最後のお座敷芸者ナミイおばあに出会います。自称、文字も知らないアキメクラ、実のところ、この世の島々の底のまた底の生を歌って踊って生き抜いてきた人でした。

姜はナミイを映画にしようと思い立つ、その映画『ナミイと唄えば』の案内人役には遊芸の民をと願った、そこに現れたのが玉川奈々福、二〇〇五年でした、奈々福は負け組と呼ばれても挫けぬ女たちの物語「浪曲シンデレラ」をつくったばかり。新しい時代、新しいリズム、新しい浪曲。

さあ、運命はどんどん近づいてゆく。二〇一〇年四月、大阪生野、朝鮮人の町。姜は四・三事件の追悼式典でパンソリを演じる安聖民を見た。四・三事件？　それは、植民地支配からの解放後、南北分断に否と叫んだ済州島に吹き荒れたアカ狩りの狂風です、米韓連合の国家暴力です、見境なく島民九人に一人が殺され、声を封じられた。安の祖父母は済州島出身でした。

二〇一二年一月、奈々福と姜は、東日本大震災の後の、芯のない言葉ばかりが宙を舞うなかを、地べたの声のほうへと旅に出る。そのとき新潟から朝鮮半島を眺めやり、戦争と植民地で形作られてきたこの世界とわれらの声の行方をつくづくと想い、不意に思い立ったのです。

そうだ、浪曲とパンソリだ！　われらは列島半島島々を行き交う新たな語りの道を拓こう！

嬉しいじゃないですか、その声はすぐさま安に響いた。かもめ組誕生！　もちろんそこには豊子もいる。

二〇一二年十一月、浪曲×パンソリ。かもめ組初演は新潟のかもめシアター。だから、かもめ組。

二〇一三年二月、東京公演。このとき新宿では朝鮮人皆殺しを叫ぶヘイトデモが行われておりました。

オロカモノたちの世界

それはまだ人々が「愚《おろか》」という貴い徳を持っていた頃のことでございます、と語りだすのは、浪曲師玉川奈々福の新作「金魚夢幻」。このセリフに聞き覚えのある方はきっといるはず、だってこれは谷崎潤一郎「刺青」からの引用なのですから。

世間様が何と言おうと、みずから信ずるものだけを頼りに、この世の大きな流れに抗い、険しい細道へとみずから分け入り、彼方を彷徨う、地べたを這いずる、名もなき者たち、小さきモノたちの傍らで、彼らとともに物語を語る、物語を生きる、それを愚かだと、貴い徳だと、オロカモノかもめ組は言い放つわけです。

そして「金魚夢幻」。それは、空の色をした金魚「マボロシ」と、マボロシを創りだした金魚師の愛の物語であります、水槽に閉じ込められて生きる金魚たちの解放の物語でもあり、愛のためには大洋をも泳ぎ渡る一匹の金魚の小さくて大きな物語でもあります。曲師澤村豊子は、「金魚」を歌い語る玉川奈々福をじっと見つめて、息を合わせて、三味線をころころと自由自在に弾きまくる、十二歳から六十年あまり、身に染み込ませたあの手この手で、ここぞとばかりに。浪曲師を生かすも殺すも曲師次第。いま、澤村豊子ほど、浪曲師を見事に生き生きと語らせる曲師はいない。(そうさ、魚心あれば水心、豊子もまた、奈々福とともに息苦しい水槽のような世界から解き放たれる)。

平成の新しい世代の浪曲師たちの声を聴く豊子は、ときには若者たちにこんなことも言います。声を出す時には足の親指が大事なんだ、昔はここぞという時に片足を前に出して、足の親指に力を込めて声を出したんだよ、足を遊ばせちゃいけない、喉だけで歌っちゃいけない。(そうだよ、声は腹の底、地の底、命の底から放つものだからね)。

その豊子が、しかしパンソリの安さんはいい声だねぇ、とほれぼれと言う。もちろん安聖民もオロカモノ、パンソリもまた「愚」に満ちた物語ばかり。すっぽんに投げ飛ばされる虎、兎に騙される竜王、みずからを虐げつづけた兄を何事もなかったかのように救う弟、娘が身を売った金を女に貢ぐ盲目の父、欲望に負けては少しだけ後悔し、それでもなお欲望に負けつづける天晴《あっぱれ》な生き物たち。

パンソリの「愚」は豪快でもあります。盲目の父が死んだはずの娘に出会ったそのとき、その歓びにチャッと目が開く、その瞬間、鳥も魚も獣も人も、チャッチャッチャッ、この世の生きとし生けるすべての盲《めしい》の目が開く、すべての命が歓びをわかち合う、すべての命に光が注ぐ、世界は声で満ちてゆく、チャッチャッチャッ、封じられた目も耳も声も解き放たれて、ああ、もう、黙ってなどいられるものか！

チャッチャッチャッチャッ、ついに豊子も封印を解く、声をあげる。

豊子の告白

それは二〇一五年三月二十二日、博多でのことだった。

前日にかもめ組公演を終えたばかり。結成三年目のかもめ組は、組員たちももうすっかり和んでいる。その朝もかもめ組は、宿舎の古民家の小さな居間でまったりお茶を飲んでいた。そのとき豊子が、不意に、耐えかねたように、パンソリ唱者安聖民と鼓手《こす》趙倫子《チョウリュンジャ》に向かって小さく叫んだのです。

あのね、キムという人がいたんです、朝鮮人で浪曲師だったんです、キムさんはね、あたしのもうひとりのお父さんみたいな人だったんです……。

安も趙も息をのむ。話の脈絡が見えない、だが、ひどく大事な告白を聞いたような気がする。

その脈絡については、玉川奈々福が誰よりよく分かっておりました。なにしろ奈々福は、ある日突然、奈々福の小さなワンルームの部屋に転がり込んできた豊子と、二年間暮らしをともにした人です、その豊子が、博多での突然の告白の二か月前、二〇一五年一月に、奈々福にこう言った。

あのね、韓国に行ってみたいんだよ、でも、どう行けばいいのか分からないんだよ、姜さんなら分かるかねぇ。

それから一か月後、つまり博多の一か月前、姜は奈々福に呼び出され、豊子の願いの詳細を伝え聞く。それは、浪曲という、社会の少数者に寄り添う物語を歌い語りながらも、少数者への近親憎悪のような複雑な感情も抱え込んでいる庶民の芸能の世界に身を置いて、十代から七十年近くも、豊子が誰にも言えずに胸にしまっていたこと。それをかいつまんで話すとこうなります。

――最近なんだか奈々ちゃんと一緒にいると、姜さんだの安さんだの趙さんだの、朝鮮の人が普通に身近にいてね、親しくなるほどに、この人たちには胸につかえている大事なことを話せるような気がしてきてね、ええ、それはキムさんのことをね、キムさんは朝鮮のおじさん、なによりお父さんの兄弟みたいな人、実はね、炭鉱町で行商する前は、お父さんも浪曲師だったんだ、先輩浪曲師のキムさんはそのとき、実の弟のようにお父さんの面倒を見てくれた、浪曲をやめてからも、お父さんを訪ねてきては、あたしをわが娘のように可愛がってくれたんだ、キムさんは優しい声で分からない言葉の歌をうたってね、これはぼくの故郷の歌だよって、なのに、故郷も見ずにキムさんは日本で死んだんだよ、だから、あたしが代わりにキムさんの故郷に行きたいんだ、そしたらお父さんもきっとよろこんでくれると思うんだ、あたしももう歳だもの、早くキムさんの故郷を訪ねてみたいんだよ、そう思い立ったら、居ても立ってもいられなくなっちゃったんだよ。

なるほど、そうだったのか、豊子師匠、そ

して朝鮮人浪曲師キム！
博多ですべてがつながった、さあ、かもめ組は全力を挙げて韓国に向かう。

蛇の道は故郷への道

曲師澤村豊子を、朝鮮人浪曲師キムの故郷へと連れてゆく。それには大きな問題がひとつ。豊子はキムの故郷がどこなのかを知らなかったのです。覚えているのはキムの名前だけ。

でも、われら旅するカタリはあきらめませんよ、だてに人の通わぬ道を旅してきたわけではない、蛇の道は蛇と申します、この日本で長く曲がりくねった道を生き抜いてきた旧植民地の民のような少数者が積み重ねてきた生きる知恵がある、困難を突き抜けてゆく術がある、ひそかなつながりがある、だって、ほら、あなたは覚えているでしょうか、私が四十二頁前で、ずいぶんと先回りしてキムの故郷を明かしたときに、それは自分の祖父の故郷だと、ほどなく博多に暮らす見知らぬ方からの声が届いた、しかも、よくよく聞けば、その方は私の友人の知り合いではないか、そうやって蛇の道はつながってゆく、たとえいまは見えていなくとも、〈見えない〉と〈無い〉は同じではないから、〈分からない〉と〈つながらない〉も別のことだから、見えないもの、分からないものを呼び寄せるために、旅するカタリがやることは、まずは死にもの狂いに祈ること、死にもの狂いで駆けずり回ること、生き抜いて、語りぬくためには、半端なことはしない、半端は許されない、それがわれら旅するカタリの生き方なのです。

死にもの狂いの私は、それでもやはり困ってしまって、蛇の道の長老に死者の故郷を探すすべを尋ねた。長老は即座にこう答えた。その死者の死んだ場所、死んだ年は分かるか？ それさえ分かれば、死者の故郷にたどり着ける。

なるほど、それは、いわば「四柱八字《サジュパルチャ》」の逆ヴァージョンのようなことではないか、「四柱八字」と言えば、朝鮮半島では運命を占う技術であり、同時に「運命」そのものを意味します、生年月日に加えて生まれた時間、つまり年・月・日・時の四つの柱をよすがに、その者の人生行路がありありと観えてくる、そして長老の言うのはまさしくその逆、少なくとも死んだ場所、死んだ年が分かれば、人生行路をさかのぼって生まれ故郷までの道が

豊子、朝鮮半島へ

開けるのだと。

幸いなことに、豊子はキムの死んだ年と場所を覚えていた。蛇の道には蛇の秘密があるゆえに、これ以上はもう明かせません、ただ、もしやキムの故郷が朝鮮半島の北側だったら……、と危惧していたのですが、これまた幸いなことに南側だった。

あらためて、キムの故郷を申します。

韓国慶尚北道永川郡古鏡面石渓里《ソクケリ》。

故郷が分かった瞬間、私の心が震えました。永川《ヨンチョン》、と声に出して言ういまこの瞬間も震えている。キムが呼んでいる、運命は確かにつながっている。永川は、私が、ちょうど十年前、石垣島から死せる朝鮮人の魂を運んだ場所なのです。

石垣アリラン

石垣島といえば、いまもありあり忘れられない光景がある、唄がある、その光景の真ん中には「留魂之碑」と黒々と墨書された木碑が立っている。

それは私が水牛老師と呼ぶ男が、緑のサトウキビにざわわと囲まれた屋敷の庭の片隅に立てたもので、しかし、そこに祀られているのは男とは縁もゆかりもない魂なのです、いや待て、縁もゆかりもないわけはないだろう、男は島に打ち棄てられた魂があるということを知ってしまった、ただそれだけでも十分に縁もゆかりもあるではないか、不都合な真実には知らんぷりをして、あったことをなかったことにするのがこの世の強者の力ずくの流儀ならば、なかったことにされた魂の声にこそ、われら旅するカタリは引き寄せられる。

もちろん、水牛老師も〈旅するカタリ〉でありましょう、少年時代にはオープンリールの大きなテープレコーダーを背負って、島の老人たちを訪ねては消えゆく島の唄を記録した。唄こそは島の庶民の記憶の器ですからね、島の暮らしをおしつぶす大きな力への抵抗の声ですからね。

この男、長じては、それこそ重い農具を引いて黙々と島の大地を耕す水牛のように、日本国の歴史には記されることのない島の記憶をこつこつと掘り起こしつづけた。

敗戦間際、石垣島に駐屯した日本軍が、いかにして島の人々をマラリア猖獗《しょうけつ》地帯の山中に追いやり、三千以上もの人々を死に至らしめたのか、日本軍とともにやってきた朝鮮人軍属や慰安婦は異郷の島でどのように扱われたのか、親もあり名もあるはずの金や朴や李や崔たちはいかにして無名無縁の死者にされたのか、そんなことを知るほどに、男は人間であることの哀しみと羞恥と怒りに駆られた、そして異郷で果てた無縁の魂を祀るために「留魂之碑」を建立した、それが一九九八年のことでした。

それから数年後、私は、石垣島でひっそり余生を送る沖縄最後のお座敷芸者ナミイとともに留魂の碑の前に立っている、水牛老師は唄と三線だけを頼りに寄る辺ない旅の日々を生き抜いてきたナミイの良き友です、その日も老師はばあさん、ばあさんと言いながら、留魂之碑に宿る魂たちのことをナミイに語っている、じっと聴き入るその目がだんだん潤んでゆく、あたかも自分自身が死せる魂であ

留魂之碑

るかのように、男に深々と頭を下げたナミイは地の底の声でこう言いました、
ありがとうございます。
それからナミイはおもむろに歌いだす、それはかつて戦前にお座敷で習い覚えた朝鮮の歌でした、
アリランアリランアラリヨ、アリランコゲル、ノモガンダ、
気がつけば、碑のまわりを蝶が舞っていました、蝶は魂、歌は祈り、アリランアリランアラリヨ、さあさあ、南島のキムたちよ、異郷の魂よ、海を越え、アリラン峠に帰ってゆこう。

韓国念仏

聞けば、水牛老師は、石垣島の深い緑のむ

せ返る山野を昼夜を問わず、狂ったように駆けまわり、這いずりまわり、異郷の死者たちの声を追いかけたのだという。慰安所の場所は分かったが、島で果てた慰安婦の本名も、朝鮮のどこの出身なのかも、突きとめることはできなかった、でも、軍属ならば当時の軍の名簿がある、彼らの多くは慶尚北道永川の人々でした、しかし死者の存在は分かっていても、その遺骨はついに見つからない、アリランアリランアラリヨ、血も肉も骨も持たない魂をどうやって故郷に帰すのか？

——夜明けの渚に行くのです、曙光《しょこう》を浴びて波に洗われた石を拾うのです、それはもっとも清浄なる石、この石に魂を込めるのです、そしてこのために焼いた青磁の壺に石を納めて、このために藍《あい》で染めた布で包んで、胸に抱いて韓国へと送り届ける、身を震わせながら。

石ころなんか持ってきやがって！　そう罵倒されても仕方がない、僕は日本国に踏みにじられてきた沖縄の八重山の石垣島の人間だけど、朝鮮の人から見れば植民地支配をした日本国の国民なのだ、と水牛老師は覚悟していた、ところが、魂だけでも連れ帰ってくださるならば、私たちが迎え入れましょう、その魂は永川にある名刹、銀海寺でご供養いたしましょう、と名乗りをあげて水牛老師を迎え入れた人々がいた、永川に隣り合う大邱市の「挺身隊ハルモニと共にする会」の人々でした。

二〇〇五年五月、水牛老師は大邱に向かった、私はそのお供をする、大邱では着くなり、「挺身隊ハルモニと共にする会」主催の歓迎の宴だ、元挺身隊、つまり元慰安婦のハルモニも立ちあがって大いに歌い踊った、その一曲、魂帰還の歓びの歌が大日本帝国の流行り歌「籠の鳥」なのです、会いたさ見たさに怖さを忘れ、暗い夜道をただひとり、と歌う、それがハルモニの青春の歌であるという現実よ、哀しみよ……。

　宴の翌日、大邱から永川の銀海寺へ、寺には帰還した魂の法要のための立派な祭壇、その前で水牛老師は石垣島の「無蔵念仏」の調べにのせて、この日のために作った祈りの歌「韓国《からくに》念仏」を唄います、その場に集う生ける者たちがじっと聴き入る、

海《いん》ぬ底《すく》ぬ暗闇《やみ》ぬなか聞かりる泣声《なきぐい》　誰《たる》が声《くい》
聞《しく》だる夜《ゆう》や眠《に》ばるな
（真っ暗闇の海の底から聞こえてくる泣き声は誰の声だろうか。泣き声を聞いた夜は眠れず夜を明かした）

泣《な》きうる声《くい》ゆ尋《たず》ねれど　村内《むらうち》なか　知《し》る人《ぴとう》
無《うら》ぬ
（不思議な泣き声の主は誰だろうか。村の人々に聞いても誰も知る人はいなかった）

島々国々《しまじまくにぐに》巡《めぐ》り調《しら》びりぃば　戦《いくさ》に犠牲《しぬだ》る
朝鮮人《びとう》ぬ声《くい》
（泣き声の主を探して島々国々をめぐって調べてみれば、戦のために強制連行され死んだ朝鮮人の悲痛な叫びであった）

しんと静まる、空気が震える、死せる魂たちが、いまここに降り立ったようだ、ともに聴き入るようだ、

魂《たましい》慰《なぐさ》みんで　碑《ひ》ば建《たて》　池《いき》ば掘り　蓮華《りんぐ》ぬ
花《ばな》ゆ咲《さ》かしょうり

(魂を慰めるため私は碑を建立し、池を掘ってハスの花を咲かして供養した)

読経《きょうむんゆみば》　綾蝶《あやはびるひ》　碑ぬ前《め》にて飛出《とびんじ》て　舞遊《まいあそ》ぶ
今日《きょう》の此《くぬ》の日《ぴ》の嬉《うれしさ》よ

(韓国のお経をテープで流せば、碑の周辺に何処からともなく多くの蝶が飛んできて舞っている。魂が喜んでいると思い、私も嬉しくなった)

天《てぃん》や突然黒雲《あったにふふむ》におんま　おんまの涙雨《なみだあめ》
肝《きむ》ぬ寂《しか》さ例《たとい》らるぬ

(ところが天は突然真っ黒の雲に覆われ、何処からともなく「おんまー、おんまー（おかあさん、おかあさん)」という泣き声が雨の中に聞こえた。その泣き声は喩えようがないほどにさびしく胸がかきむしられる)

歌っているのは水牛老師のはずなのです、なのに見えないモノたちの声がするようなのです、

許《ゆる》し給《たば》れ仏《ふとぎ》ぬ御前《まい》　魂《たましい》拾《ぷさい》かい抱《だ》ぎり　故《まり》
国《じま》までお供《とも》する

(許してください仏様。あなたは碑に祀られているより本当は故国に帰りたかったのですね。あなたの魂を拾い、しっかり抱いてあなたの故国にお供します)

天《てん》ぬ神々《かみがみ》助《たす》けやい　行《ゆ》く先々《さきざき》ゆ照《てい》らしょう
り　一路平安嘉利吉《いちろへいあんかりゆし》ゆ

(天の神々お助けください。どのような困難

があろうとも、私は魂を必ず故国にお届けします。私の行く先々をどうか御守りくださ い）

うしだぎられえ　泣《な》く泣《な》くと渡《ばだる》だ対馬《つしま》海峡《かいきょう》ゆ　偲《しの》び偲《しの》びて渡《わ》り行《ゆ》く

（魂よあなたたちが強制連行され、泣く泣く渡った対馬海峡で私はあなたたちの苦しみ、悲しみ、叫びをしっかりと胸に刻んで韓国に渡って行きます）

親友《どうしい》ぬ手《てぃ》に手《てぃ》に導《ひか》されて　釜《ぶ》山《さん》大《て》邱《ぐ》市《し》永《よん》川《ちょん》と　旅路《たびじ》易々《やすやす》上《のぼ》り行《ゆ》く

（釜山、大邱市、氷川と、旅路を易々と行けるのも、親友たちのおかげです）

銀海寺《うねさ》に安置《うさみてぃ》て　手擦《てぃずり》さば　親子《おやく》兄弟《ちょうでえ》連遊《つれあそ》ぶ姿《しがた》　瞼《まぶた》に現《あら》われて

（銀海寺に魂を安置して法要をしたら、瞼の裏に魂の親子兄弟が故国に帰ったことを喜んでいる姿が浮かんで見える）

それは石垣島の真っ暗な闇の底から漂いくる魂の泣き声を聴いた時から、ついに銀海寺にたどりつくまでの長い長い旅の唄でもありました、それは朝鮮の故郷をあとにして人知れず異郷で息絶えた魂たちの遥かな旅の唄でもありました、魂から魂への誓いの唄でもありました、

此《く》りから後《あとう》や　阿弥陀ぬ胸に抱かれて安らかに　蓮華《りんぐ》ぬ花《ばな》に囲《かく》まれて、

と、水牛老師は唄の最後にはらわたの底か

ら声を絞って冥福を祈る、
吾《ば》が胸内《んにうち》の浅ましき心《くくる》みつめて　幾世《いくゆ》まで
親友《とむ》と手取り　平和《はな》咲かさ、

と、平和を求めるおのれの心にも潜む、力への欲望を見すえる、心の魔物を打ちすえる、身悶える、その姿を永川に暮らすひとりの老人が見つめていました。

　その人は石垣島から生還した元朝鮮人軍属、名を李武甲《イムガプ》という。

結び合う声

　曲師澤村豊子と朝鮮人浪曲師キムの話はどこに行ったのか？　そう訝る向きもあることでしょう、いえいえ、豊子とキムの物語は、無名無縁の闇の中に埋められた無数のキムたちの物語への道標なのです、名を奪われ記憶を盗まれ、闇を漂うばかりの無数のキムたちの、思い出せ、取り戻せというひそかな声の導きなのです。

　キムと言えば朝鮮人、かつての植民地の民、と、みなさんは条件反射でそう思うかもしれません。

　では、植民地とは何なのか？

　旅するカタリはこう考える、植民地とは記憶を盗まれた者たちのいる場所、そんなところでは人間は生きているんだか生殺しなんだか……、そう、植民地とは、自身の記憶を自身の物語として自身の声で語る場を失くした者たちの場所、根も葉も芯もない宙ぶらりんの空虚な場所。

　あのね、記憶の盗人たちがつくった歴史地

図に〈植民地〉と分かりやすく具体的に記されたその場所だけが植民地なのではないのですよ、この世には目には見えない植民地が遍在する、それはあなたが暮らすまさに〈そこ〉なのかもしれない、そして〈そこ〉にこそ旅するカタリは現れるのですよ、道をゆく、呼び合う声を結び合わせる、行く先々で人々が地声で自由に物語する治外法権の場を拓いてゆく、それが旅するカタリなのですよ、おそらく記憶そのものよりももっと大事なのは、権威や権力を持つ誰かに記憶の真偽の審査など受けることなく、自由に地声で自分の記憶の物語を語る場があること、それが無数にあること、記憶は場の数だけ、人の数だけ、それが大事。

そして、ようやく前回のつづきです、元朝鮮人軍属李武甲の話です、これは石垣島から永川へと、石垣島で果てた朝鮮人軍属の魂を運んできた水牛老師によって呼び起こされた記憶の声です。

李は語る、

自分は警察によって強制的に徴用されました、徴用された誰もが逃走を考えた、貨物列車に詰め込まれ、大邱から釜山に向かう途中に貨車から飛び降りて死んだ者もいる、日本に着いてから、監視の目を逃れて、宿舎の便所の汲み取り口から糞まみれで逃げた者もいる、どこに連れて行かれるのかもわからぬまま、博多で船に乗せられ、たどりついたのが石垣島でした、朝鮮人軍属は二百七十名、日本人の軍人は二十名そこそこ、日本人だけが白米を食べる、朝鮮人は荷を運ぶ、山中に軍事用の壕を掘る、爆撃された飛行場を補修する、マラリアにかかる、島の慰安所に朝鮮人の娘がいましたよ、娘の姓は徐、娘が教えてくれたのはそれだけ、娘は泣きつづけた、一晩で何人の軍人の相手をするのかもわからないと泣いた、山中で落石で潰れて死んだ仲間もおります、その遺骨はまだ石垣島のどこかにあるはずです、自分は遺骨発掘に行きたいのです。

うたいつぐ記憶

いまはたったひとりしか、その大切な記憶を受けついでいなくとも、記憶を語りだすたったひとりの声が、五百年の時空を越えて、遠い記憶の通い路を結びなおすこともある、それは、いまここにある世の中の仕組み、暮らしの形、人々の姿しか知らぬわれらの想像をはるかに越えた、人間という存在のもっと豊かな可能性を開いてみせもする、そう、たったひとりでもいいんです、

たとえば水牛老師が、自分だけが知る魂たちのことを語りだしたとき、たとえば曲師澤村豊子が朝鮮人浪曲師キムの思い出をついに言葉にしたとき、確かに何かが動き出した、水牛老師が石垣島から朝鮮人軍属の魂を抱いて韓国の永川へと向かったその道は、曲師豊子がキムの故郷を訪ねて旅する道となるでしょう、あのとき水牛老師が祈りとともに声を結び合わせた大邱の人々が、今度は豊子の永川への旅の水先案内人となるでしょう、声が縁を呼び、縁がさらに声を結んで、われらのこの世界は少しずつ違った顔を見せはじめる、さあ、耳を傾けて、声のほうへ……。

少し寄り道。こないだ沖縄の高江に行った折りに、那覇で「うたいつぐ記憶」という小

さな本を見つけました。その本からもまた、たったひとりの声がする。

五百年余り前、済州島の民を乗せた舟が難破して、三人の男が与那国島に流れついたのです。三人の異人をフガヌトゥと、島の言葉でヨソの人を意味する言葉で呼んで、与那国島の人々は実に大切にもてなした、言葉は通じなくとも、思いは通じた、異人たちは子どもらと遊び、稲刈りを手伝い、島の神々に手を合わせた、異人と兄弟の契りを結んだ若者もいた、やがて異人たちは島人に見送られて与那国をあとにする、西表《いりおもて》、沖縄本島、薩摩、博多、対馬を経てソウルへと送られる、ソウルで彼らは与那国での体験を役人に語りました、その記録は朝鮮に確かな文字となって残された、一方、与那国では、いつまでも三人の異人のことを忘れぬよう、人々は歌をつくったのでした。

バガリグリシャヌ（別れづらいけれど）
マブイバ　クミティ（魂を込めて）
カジニ　ヌシティ（風に乗せて）
ウグイ　ヤダラシャヌ（送って行かせたのに）
カジヌ　タユイヤ（風のたよりも）
ミヌンドー（ありゃしない）
ナンヌ　タナガヌ（波のただ中の）
ウスヌハニ（潮の中に）
ンダ　スディヌ（君の振る袖が）
ンナリ　カグリ（見え隠れしている）

ついこないだの昭和の時代にも、田植えの時に、苗代と別れる苗を慰めるために歌って聞かせていたのだという、その頃、夕方、田んぼや畑から帰ってくるじいちゃんたちがよく歌っていたのだともいう、もう五十年くらい前にもなるけれど、旧正月に島の年寄りたちが、山の神、海の神、里の神に三つの陰膳を据えて、異人たちの無事を祈ったのだという。

与那国では人知れず異人の無事を祈りつづけて五百年、ついに歌を知る者はたったひとりになってしまう、そのたったひとりの声が、あるとき、思わぬことから、五百年前に朝鮮に無事に帰りついた異人たちが、役人の尋問に答えて朝鮮に残した記録が収められた『朝鮮王朝実録』とつながるのです。与那国に語り伝えられた物語と異人たちの残した記録はほぼ同じだった、異人たちの無事の知らせを聞いた与那国のたったひとりはようやく安心した、五百年の祈りはかなえられた。

語りは祈り、歌は祈り、ほら、私たちもきっと、ひそかで遥かな祈りに生かされている、ただそのことに気づいてないだけ。

豊子、韓国へ

みなさま、お待たせしました、ようやく豊子が韓国へと向かいます、声が声を呼び、縁が縁を呼んで、必然の川の流れのように滔々と。二〇一五年十二月、七十八歳澤村豊子、生涯初めての韓国です。

豊子と浪曲師玉川奈々福と私と、旅するカタリ一行は成田で待ち合わせた、われらはキムの故郷を訪ねるのである、そのうえソウルで浪曲公演をするのである、もしや韓国人を聴き手にソウルで浪曲が演じられるのは、植民地支配からの解放後初めてなのではないか。

覚えていますか、ずいぶん前に、植民地期末期に朝鮮総督府のご意向で朝鮮語浪曲をつくりだした崔八根の話をしましたよね、その「百済の刀」という演題の当時の音源を聴けば、それはもうその頃流行りの寿々木米若《すずきよねわか》の節にそっくり、朝鮮語で三味線と息を合わせて米若調で歌い語って、完璧浪曲です、その朝鮮語浪曲も植民地支配の終わりとともに泡のように消え、それから七十年余りの時を経て、われら旅するカタリ一行がソウルで浪曲を演じる、これもすべては、その昔、朝鮮人浪曲師キムと幼い豊子の間に結ばれた縁のなせる業……、おっといけない、心がはやりました、浪曲公演の前にまずは慶尚北道永川だ、キムの故郷だ！

めざすは、慶尚北道古鏡面石渓里。十年前に、石垣島からの朝鮮人軍属の魂の帰還を全力で受けとめてくれた大邱の「挺身隊ハルモニと共にする会」代表のジョンソンさんが、今回も車を出して全力支援。地元の韓国人の助っ人がいると、こういうときは物事の進み具合がまったく違います、ぐいぐいと、日本人や日本育ちの在日にはない突撃精神、突破力で次々扉をあけてゆく。

ナビを頼りにたどりついた石渓里で、とりあえず村の入口の農家の広々とした庭に車を突っ込み、家の窓から不審の顔を覗かせた六十歳前後とおぼしいおばさんに、ジョンソンさんが、あのう、お尋ねします、植民地時代にこの村を出て日本に渡ったキム・スンガプという方がいるのですが……、(そうです、キム・スンガプが浪曲師キムの本名、ようやくキムの本名を、キムの故郷で、われらは呼ばわった)、もしや、そのキム・スンガプさ

慶尚北道古鏡面石渓里

んの親類縁者はこの村にいらっしゃいますでしょうか、実は、はるばる日本から、こちらの八十歳にもなるおばあちゃんが、子どもの頃に父のように慕ったキム・スンガプさんの故郷を探して訪ねてきたのです。

おばさんの目がまん丸くなった、表情から察するに事態をのみこんではいない、しかし切羽詰った問いかけの声とおばさんを見つめる日本からの旅人たちの必死の目に心が動いた、大きく扉を開いた、外は寒い、まずはうちにおあがりなさい、あったかいお茶をいれましょう。

この家はキム情報収集基地となりました。表札には李とある。

出会いの祝杯

李家の庭には牛小屋があった、家の中はぽかぽか暖かいオンドル、李家の主婦はにわかに使命に燃える瞳で、村の物知り婆さん八十八歳に電話をかける、「ハルモニ、かくかくしかじか、キム・スンガプって聞いたことあるかい?」ああ残念、婆さんは知らないと言う、ふうう、一同ため息、そのとき李家の主人が畑から帰ってきた、話を聞いて、なんだと、日本から来たってか、そりゃ大変だ、何の収穫もなしに手ぶらで帰すわけにはいくまい、と主人もすでに前のめりだ、こういうときのわれを忘れた韓国人のおおらかなお節介は、まことにありがたい、主人は電話帳を開いて次から次へと村じゅうの年寄りに電話をしはじめた、果てしない、その間、われらはコーヒーとお菓子と籠に山盛りの柿でもてなされている、そのうち主人がハッと気がついた、役場でそのキム・スンガプとやらの戸籍謄本を取ってきなさいよ、それですべてが分かるはず!

すぐさま車で五分の役場にすっ飛んで行きました、窓口でキム・スンガプわあわあわあと必死に申し立てる、そりゃ韓国の役所だって個人情報の保護はありますよ、だけど、カタリの神のご加護か、死せるキムの計らいか、あらあらわれらの手には戸籍謄本が……、ありがとうございます。

解読しましょう。スンガプにはウォンガプとポッカプという兄がいた、長男ウォンガプは戦前に九頭竜川上流の山林で事故死している、おそらくダムの工事現場だ、二男ポッカブは朝鮮にとどまり、その長男ファスまではここ石渓里に暮らしていた、ファスにはピョンオ、ピョンジュン、ピョンユンの三人の息子がいる。すばらしい！　ここまで分かれば、もう無敵！

ファスの息子たちの名に「ピョン（柄）」の字が入っているように、朝鮮では同族同世代の男子は同じ漢字を名前に付ける慣習があるのです。だから、われらが持ち帰った戸籍謄本を見た情報収集司令塔、李家の主人の目がキラーンと光った。いまではもうファスの三人の息子たちはこの村にはいないのだが、ほら、キム・ピョンヒョンがいるじゃないか！　李家の主人は電話をつかむと、訳も言わずにキム・ピョンヒョンを呼び立てた、おい、いますぐうちにこい、飛んでこい！

いきなり日本からの旅人たちと対面して、さすがにキム・ピョンヒョンさんは戸惑っていました。数えてみれば、どんなに近くてもわれらのキム・スンガプとは六親等の親戚。それでもピョンヒョンさんは言う、うちのおじさんを想いつづけてこうして来てくれたんだ、乾杯しようじゃないか！

私たちは朝鮮人浪曲師キムの故郷の素朴な食堂で、キムの血族と焼酎で乾杯して、辛い鯰鍋を食べました、山椒の香りがしました、豊子がそっと涙を拭った、ここは韓国慶尚北道古鏡面石渓里。

ソウルの「鬼夫婦」

われらかもめ組は、確かに共謀いたしました、物書き姜信子、浪曲師玉川奈々福、パンソリ唱者安聖民の三名は、曲師澤村豊子を朝鮮人浪曲師キムの故郷へと連れて行くために、そのうえさらにキムの魂に届けとばかりに韓国で浪曲を演じようと共同謀議を繰り広げた。

　これまでの語りの旅が結んできた縁を手繰って、ソウルは南山の麓の〈坎以堂《カミダン》〉なる学び舎が公演会場となりました、それは水の流れのようにおのずと決まった、奇しくも〈坎以堂〉の「坎」という字は、周易の八卦のうち「水」を象徴するものです、水はすべての命の源、水はこの世をめぐる智慧、水のようにこの世を流れ流れて旅するカタリにはこのうえなくふさわしい語りの場、そこには水の智慧を探求する者どもが集います、日本語で演じられる浪曲の韓国語字幕は、安聖民が手がけました。

　演目は「仙台の鬼夫婦」。これは、飲む打つ買うが大好きな仙台一の放蕩者と、そのろくでなしをわざわざ夫に選んで、叩きのめして、立派な男に鍛えあげてゆく猛烈な貞女の、火花の散るよな愛の物語、いわば、逆「じゃじゃ馬ならし」です。それを男性中心の倫理が染みわたる儒教社会韓国で演じてみせる、これも旅するカタリの流儀、まつろわぬ声。

　私は坎以堂で、浪曲公演に先立ち、こんな前口上を述べました。

　みなさま、文字には記憶が宿るものでありますが、とどまることなく流れゆく声に記憶はない、境もない、声を放てば、そこに場が生まれます、物語が孕まれる、動きだす、しかし、思うに、気がつけば、いまわれらが知る物語とは、文字に封じ込まれてすでに終わった物語ばかりのようなのです、いつの頃からか、われらは〈終わり〉ばかりを繰り返し語って生きている、だから、いま一度、声をあげて〈はじまり〉を呼び返すのです。流れる水のように。いまここから。さあ、「仙台の鬼夫婦」！　演じまするは浪曲師玉川奈々福、曲師澤村豊子、そして今日のこの場は、この世の無数の声なきキムたちのひそかな呼び声の賜物！

二〇一五年十二月二十三日。植民地期以来七十年の時を越え、韓国人を聴衆にソウルで演じられるおそらく初めての浪曲でした、なのにまあ、水心あれば魚心と申しましょうか、「仙台の鬼夫婦」はドカン、ドカン、爆風のような笑いを巻き起こした、浪曲師の声も聞こえやしない、これじゃ三味線も弾けやしない、と豊子はやや不満顔、ドカン、ドカン、その余韻の中で尋ねたのです、キムの故国での公演はいかがでしたか？

はい、ようやくキムさんの故郷を訪ねて嬉しかった、もう思い残すこともありません、けれどね、と豊子の声がにわかに厳しい。それと芸は別のことですよ、舞台はつねに一度かぎり、その一度きりが大事なんです、私はね、声に耳澄ませて、息を合わせて、納得のゆく三味線を弾きたいんです。

曲師澤村豊子。三味線を弾けば、めぐるこの世の生きとし生ける物語の立ち上がる、その来し方行く末を知るは、ただ声ばかり。

かもめ組資料　上演台本

ソリフシ公演　『ケンカドリの伝記』
浪曲『仙台の鬼夫婦』
パンソリ『沈清歌』

かもめ組　ソリフシ[1]公演　『ケンカドリの伝記』

作　姜信子
空白の声を聴く者　姜信子
空白の声を伝える者　安聖民
楽士　玉川奈々福、趙倫子

1

（チンの音二回。厳かに。重たく）

（チンの二回目のしっぽをつかまえてチャンゴの音。安聖民歌いながら登場）

이어도 사나 아아아 아아아아 이어도 사나 으샤　으샤
〈イオドサナ[2]　アアア　イオドサナ　ウシャ　ウシャ〉

물로야 뱅뱅 돌아진 섬에 먹으나 굶으나 아아아 물질을 허여 으샤 으샤
〈水にぐるぐる囲まれた島で　食えても食えなくても　潜るのさ〉

（歌声に呼ばれて姜信子登場。ゆっくり安聖民に向かって歩いていく）

이어도 사나 아아아 아아아아 이어도 사나 으샤　으샤

（「으샤　으샤」で安聖民は歌い終わり、目を閉じる）

姜信子　（沈黙の後、静かに遠くを見ながら話し始める）

イオドサナ、イオドサナ……。

それは、長い長い戦争のあとのことでした。東の海にぽっかり浮かぶ火山島チェジュドでは、戦争で傷ついて悲しむ心、舞いあがる心、狂った心、祈る心が行き場もなく渦を巻いて、惑うばかりでした。

火山島チェジュドは、人々の心をアカだのシロだのクロだのと塗り分けて、捕まえて、責めて、殴って、殺し合う修羅の島となっておりました。

あまりの恐ろしさに、それはもうたくさんの人びとが、この修羅の島をあとにした。人びとがめざしたのは、遥か彼方にあるという夢の島、幻のイオド。そこにたどりついたなら、誰も二度とは帰ってこないという。

誰も二度と帰ってこないから、イオドはいつまでも幻の島なのだという。

（少し長い沈黙の後）

ひとりの少年がおりました。その名もケンカドリ。ケンカドリもまた、木の葉のような小さな舟に乗り、闇をくぐって、波を越えて、修羅の島チェジュドをあとにした。

それはケンカドリにとって二度目の旅立ちだったのだとも言います。

そう、ケンカドリは、もともとはニッポンのイカイノという小さな町で生まれ育ち、長い戦争のさなかに、空から落ちてくる爆弾から逃れて、父と母のふるさとチェジュドへと海を渡ったのです。そして、また、戦争のあとに、イオドをめざして二度目の旅立ち。

ここに、目には見えない一冊の本。

旅ゆくケンカドリの心からこぼれ落ちた呟きが、見えない文字で記されている。

読んでみましょう。

「少年の記憶に／船出は／いつも／不吉だった。／すべては／帰ることを／知らない／流木なのだ」

ケンカドリ、ケンカドリ、流木のように船出した、おまえはいまどこにいる？

2

（チンの音）

安聖民　（韓国語で呪文のように呟く）

눈에 보이는 길을 꼭 가야한다고 생각하지마

〈目に映る／通りを／道と／決めてはならない〉

눈에 보이는 길이 꼭 내 길이라 생각하지마. 그러니까 이어도에 갈 길을 못 찾는 거지

〈目に映る通りを／道と思い込んでしまうから／イオドへの道が見つからぬ〉

安聖民　（我に返ったように）

思い出ってのはね、匂いなんだな。匂いがするんだよ。ボクはね、もう六十年以上も前に、日本の東京に流れついて、ずっと東京で生きてきた、なのに、生まれ育って、ほんの十歳まで暮らした大阪の、イカイノの匂いが鼻の奥でずきずき疼く。

匂いは、痛い、忘れたい、忘れられない、あの頃への道しるべ。

あのね、大阪の鶴橋駅で降りるでしょ、その途端にぷんと焼肉の匂いが鼻を打つ。その瞬間に、ボクは七十年前の少年のボクに戻っている。ほら、目の前にはヘドロくさいどぶ川だ。鮒が泳いでる。よし、どぶ川に浮かぶ藻を餌にしてあの鮒を釣ってやろう。鮒を釣ったら、今度はトンボ釣りだ。糸の両はしに重りの石をつけて、パッと投げる。それを餌と勘違いしたトンボが飛びついてきて、糸に絡まって落ちてくる。

バカだな、トンボは。

バカだったな、ボクも……。

あの頃、ボクはまだ十歳になるかならぬかの、半島出身の、大日本帝国の少国民でありました。

姜信子、安聖民 （機械的に。かつ、熱をもって）
私どもは　大日本帝国の臣民であります
私どもは　心を合わせて天皇陛下に忠義を尽くします
私どもは　忍苦鍛錬して立派な強い国民となります

安聖民　あの頃、大阪でよく聞いたセリフ。

「あかん、あかん、朝鮮人と沖縄人には家は貸さん！」

「しっしっ！　帰れ、帰れ！　うちの店にはな、犬に喰わす餌はあっても、朝鮮人と沖縄人に喰わす飯はないんや！」

ボクの兄貴なんてまだほんの十五、六で、ガラス工場の熱い風を浴びながら朝から晩まで働いて、もらう金は、ひと月たったの一円。朝鮮人が日本の工場で働いてもらう金は雀の涙、そのわずかな金が一家の支えでありました。

それでも島で暮らすよりはよかったんだろうか……。

人間のように扱われなくとも、それでも生きていければいいんだろうか……。

それでも生きていくのが人間なんだろうか……。


ボクは、毎日、学校で、先生に呼び出されては殴られました。

姜信子　「おい、この野郎！　なんだその眼は！　この朝鮮人野郎！」

安聖民　「この野郎、この野郎！」

ボクも、毎日、学校で、教室の誰かを殴っていました。

「この野郎、この野郎！！」

あの頃、ボクはバカでした。誰と何のためにケンカしているのか、ちっともわかっていなかった。

「この野郎、この野郎！！！」

心の中でそう叫びながら、竹槍と防空頭巾でB29とだって闘える、そう信じていたのです、闘って死ねば金鵄勲章、ボクも靖国に祀られたいと思っていたのです。

ボクのアボジとオモニのふるさとは朝鮮のチェジュドです。戦争疎開でボクは初めてチェジュドに行きました。

十六歳の兄貴と一緒に、大阪から汽車に乗って下関、下関から船で玄界灘を渡れば、かもめ群れ飛ぶ釜山《プサン》港、釜山から港町の木浦《モッポ》まで汽車に揺られて、木浦からまた小さな船に乗り、ようようたどりついた遥かなチェジュドでした。

なのにねぇ……。大阪のイカイノで生まれて、大阪しか知らなかったボクは心の底からがっかりしました。

チェジュドって、朝鮮ってこんなにちっぽけなのか！

ボクは本当にバカなケンカドリ。人間どもにけしかけられて、むやみに闘う、あの殺気立ったシャモのような、愚かなケンカドリ。

本当のケンカの相手を知るまでには、それからボクの心は何度も何度も死ぬのです。

3

（チンの音）

姜信子　（見えない本を読む）
「それがたとえ／祖国であろうと／自己がまさぐり当てた／感触のあるものでないかぎり／肉体はもう／あてにしないものなのだ」

ケンカドリ、少年ケンカドリ、
おまえはチェジュドで何を見たんだい？
おまえの肉体はいったい何を探り当てたんだい？

安聖民　（少し長い沈黙の後、韓国語で呪文のように）
아버지는 혼자 일본에 계시고
〈お父さんはひとり日本に残り〉
어머니는 먼저 제주도로 떠나시고
〈お母さんは先にチェジュドへ渡り〉
ボクは兄貴に連れられて、母を訪ねて、チェジュドに渡る。
ボクは十二で、兄貴は十六。しかし、ほんの十六歳なのに、兄貴は本当に大人なんです。
「じいちゃんの墓だ！」

ようやくたどりついたオモニの実家の裏山で、兄貴が墓にすがりついてわんわん泣いている。ボクはぼんやりとそれを見ていました。ガラス工場で大人のように働いていた兄貴は、もう体で人の世の情や心の機微というのを知っているみたいで。しばらく泣いて、涙をぬぐうと、口笛吹きながら裏山を降りて、「オモニ！　ただいま！」って家に入っていきました。

兄貴は日本からレーニンの社会主義の本も隠し持ってきていました。十六歳で一家の大黒柱になって、ガラス工場で生き血を搾り取られるように働いたその体は、そのわけを知りたがっておりました。

「何かがおかしい、世の中、何かが間違っている」

チェジュドには、兄貴みたいな若者がひそかにたくさんおりました。

そして、ボク。ボクは、朝鮮の、立派な大日本帝国の少国民。

いいえ。ボクは、ボクはみじめなひとりの奴隷でありました。

それは戦争も終わりの頃のこと、追い詰められた日本はアメリカ軍のチェジュド上陸に備えて、二十万人もの兵隊をチェジュドに連れてきた。慌てて高射砲陣地、特攻艇基地をつくった。飛行場も整備した。その工事には、チェジュドの人びとが牛馬のように駆り出された。子どものボクも働かされました。

ぎらぎらの炎天下、土を運んで、石を運んで、いつまでも家には帰してもらえない。ボク、倒れてしまったの、倒れて鞭で叩かれて、赤い血が噴き出した。まるでローマの奴隷みたいだったよ。そう、ボクは奴隷だった。植民地の奴隷だった！

ああ、これが植民地ということなんだ。ボクはそのとき初めてわかったのです。

やがて戦争が終わりました。もう労働奉仕はおしまい。「おまえは自由だ、もう家に帰っていいぞ」、そう言われました。嬉しかったなぁ、飛び跳ねてよろこんだ。そのときが、ボクの解放。ボクにとっての植民地支配からの解放でした。

でもね、解放のあとも、ボクは牛でした。牛のように働きました。ほかの子どもたちは学校に行ったけど、ボクのうちは働き手がいないから、アボジは日本にいたから、兄貴は役場に働きに出たから、野良仕事はボクがやる。中学の月謝を払うには牛一頭売らなければならないから、牛一頭はボクの家の生命線だから、ボク、中学行かないってオモニに言いました。

ボク、小学校までは日本語の読み書きしか教わってない。朝鮮語はまったく分からないまんまで、ひたすら野良仕事。そしたらオモニが可哀そうに思って、村の寺子屋に行かせてくれた。野良仕事の前に、朝四時から千字文の漢字を習いました。そのとき初めて、あ、これやらなきゃダメだ、勉強しなくちゃ、そう思いました。

ボクは人間になりたいと思いました。十四歳でした。ボクはまだ、ボクを世の中につなぐ言葉を持っていなかった。

4

（チンの音）

姜信子　（淡々と語る）

十四歳のケンカドリは、解放後まもなく、チェジュドを襲った大きな災いにのみこまれていきます。それがどれほどの災いであったかといえば、たとえば、沖縄戦では「鉄の暴風」が吹き荒れて、四人にひとりが亡くなった。チェジュドでは、「アカ狩りの狂った風」のために、公式発表では九人にひとり。実際には四人にひとりが、大韓民国政府の差し向けた軍隊や極右団体や警察に殺されたのではないかと言われています。殺された者の多くは、実のところ、アカくもシロくもクロくもない、ただ右往左往するばかりの、つまりはごく普通の庶民。

でも、いったいなぜにチェジュドが？

チェジュドの人びとだけが、唯一、南北分断を既成事実にしようと目論む南朝鮮単独選挙に島ぐるみ参加しなかったから。

貧しく小さな島の共同体には、半島の国家からも、列島の国家からも搾り取られ、虐げられてきた皮膚感覚としての記憶があります。だから、島の人びとはおろおろしながらも、権力者たちの理不尽と非道に憤る島の若者たちの、朝鮮統一の願いに寄り添った。それは思想とか主義とか以前のこと。記憶を刻んで生きてきた島の人びとの体が選んだこと。


一九四八年四月三日、若者たちは山に入って武装蜂起する。そして大韓民国政府による見せしめの虐殺がはじまる。山を拠点に闘う通称山部隊の中にはケンカドリの兄もいる。

安聖民　사람이 사람으로서 저지르면 안 되는 배반이 있다.
여태껏 밝혀지지 않는 고통스러운 기억들, 피 맺힌 공백이 있다.
가득 찬 의심으로 이루어진 세계에서 인간은 인간답게 살 수 있을까?
〈人間が人間であることに対して犯した裏切りがある。

未だ明かされない痛みに満ちた記憶、血の色をした空白がある。裏切りから生まれでた世界で、人は人として生きられるのか?〉

あの頃、ボクはまだ十四歳の子どもでした。右も左も関係ない、何もわからない。島ではアカを探せ、アカを殺せと、誰もがだんだん疑心暗鬼になっていきました。「あいつは警察隊と通じてるんじゃないか」、「あの村は山部隊の側なのか」疑われたら、殺される。警察隊にも、山部隊にも。警察隊はそれこそ見境がない。山部隊に入りそうな男だけでなく、女も子どもも年寄りも容赦なし……。兄貴が山に入ってしまったから、ボクは警察に引っ張られ、拷問を受けました。

「아이고《アイゴ》ー! 아이고ー!」

ギザギザの木の板に正座させられて、膝の上に石を置かれて、泣き叫んでいるオモニを見て、ボクは取り調べの人間にすがりつきました。

安聖民　お願いです、オモニには何の罪もありません。代わりにボクを殺してください! どうかオモニだけは家に帰してください!

姜信子　ならば、兄貴が山からおりてきたら報告するか?

安聖民　します！
姜信子　兄貴が目の前に現れたらどうするか？
安聖民　竹槍で突き殺します
姜信子　ほんとか？
安聖民　ほんとです。

一度は釈放されました。でも、またすぐに捕まって拷問だ。くりかえし十五回も捕まりました。殴られて、電気を通されて、耳から血を流して、体が膨れあがって、棺桶がわりの担架に乗せられたら、もうおしまい。留置所の裏の麦畑に捨てられて息絶える。そして、ついにボクのための担架が用意されました。ああ、ボク、もう死ぬんだ。その時でした。兄貴が目の前に現れたのです。兄貴は頑張りぬいたボクを抱きしめてくれました。ああ。ボク、もうこれで死んでもいいや。そう思いました。でも、不思議だね、人間って、そう簡単には死なないんだ。
オモニは長男の兄貴を助けたくて、田畑を全部売りはらい、警察に賄賂を贈りました。そしたら警察は兄貴じゃなく、いまにも死にそうなボクを釈放した。

せめてこの子だけでも生かさないと家が絶える。

オモニはボクを日本行きの木の葉のように小さな船に乗せました。

「살아라《サララ》！　生き延びろ！」

無言の見送りを背に、激しく荒れる国境の海、玄界灘をボクは越えたのです。

5

（チンの音）

姜信子　（見えない本を読むように）
「常に／故郷が／海の向こうに／あるものにとって／もはや／海は願いでしかなくなる」
ケンカドリ、おまえは木の葉のような密航船で、荒ぶる海を渡って、痛む心と体を引きずって、ただ懐かしいあの匂いに導かれて、闇夜を越えて旅をしたんだってねぇ。
ねえ、ケンカドリ、おまえは闇夜の先に何を見た？

安聖民　まったく記憶にないんです。ボクは船がたどり着いた場所すらわからない。アボジが暮らす東京の上野にも、どうやって行ったのかわからない。覚えていない。
でも、不思議だなぁ。あのとき、大阪の鶴橋にたどりついてからあとの、ほんの束の間のことは覚えている。そう、あのときも、どぶ川の匂い……。あの匂いの中で、ボクは幼馴染みの友達を一所懸命探した。あいつの匂いを探して、ひくひくと、ボクは生きている、ここにいるよって。でも、会えなかった。

東京は見渡すかぎりの焼け野原でした。まるで津波のあとの光景のようでした。アボジは御徒町あたりのバラックに住んで、ろうそくをつくって売っていました。ろうそくは、戦後の電気もまだない頃の、闇夜の灯り。ろうそくづくりは、アボジが大阪のイカイノで身に着けた生きぬくための技でした。

ボクは朝鮮学校に通うようになりました。もう十七歳になっていました。

ボクね、あのとき鉛筆というものを生まれて初めて握ったの、ノートというのに初めて字を書いたの、十七歳なのに中一のクラス。ＡＢＣのＡも知らない、算数は足し算引き算がやっと、クラスでビリ。何をしたらいいのかもわからない。そのうちチェジュドに帰るんだろうってぼんやりそう思っていました。

一九五〇年、それは朝鮮戦争が始まった年のことでした。兄貴は軍事裁判を受けて全羅南道の木浦の刑務所におりました。北朝鮮の軍隊が三十八度線を越えて南へ南へ。おそれおののく韓国側は〝刑務所のアカの政治犯など殺してしまえ！〟兄貴は、港町木浦の沖合に、船で連れ出され、沈められて、殺されました。

「아이고《アイゴ》――！　아이고――！」

チェジュドから届いたオモニの手紙からは涙がほとばしる。ボクはオモニの涙を全身に浴びました。ボクの目からも血の涙が噴き出しました。手紙を読んだその瞬間、ボクは死んでしまいました。死んで、生まれ変わりました。ボクの命、ボクのすべてが変わってしまいました。それまでからっぽだったボクの頭に、いきなり国家や世界が飛び込んできました。頭がいきなり、この世界と同じくらい大きくなってしまいました。

ボクはケンカの相手が誰なのか、ようやくわかりました。

このケンカに勝つためには、ボクは言葉を持たなきゃいけない。島を殺し、兄貴を殺し、人間を裏切りつづける者たちに立ち向かう言葉を、裏切りから生まれた国や世界を超える言葉を、ボクは持たなきゃいけないのだ、それが本当に人間になるということなんだ。

ボクは心底、人間になりたいと思いました。

その日からボクは死に物狂いで勉強しました。何も知らない悔しさに涙を流して勉強しました。東京じゅうの灯りがすべて消えても、ボクの部屋の灯りだけは消えることはありませんでした。

6

（チンの音二回）

安聖民　ああ、なんだかしゃべりすぎたようです。もうここまでだ。心が痛いから、生きているから、わからないから、話せないこともある。生きるために話さないこともある。人間はひとりひとり、それぞれの喜び、それぞれの傷、それぞれの哀しみ、だから、ひとりひとり言葉も違うんだろう。ボクにはボクの、キミにはキミの、嬉しくて痛くて哀しくて、それでも生きて乗り越えてゆく言葉、人間の言葉がある。キミにもわかるでしょ？

（少し長い沈黙の後）

姜信子　ケンカドリ、あなたは、いまどこにいるのですか？

安聖民　ボクはここにいる。そう、ここにいる。いまでは、朝鮮も、チェジュドも、日本も、つかの間の宿り木のように思われます。流れ流れて生きていく、その人生こそがぼくの場所。宗教にも思想にも政治にも、ボクはよりかかりたくはないのです、のまれたくはないのです。

ボクの人生こそが、ボクの領土、ボクの民族。
風の匂い、水の匂い、埃の匂い、ボクの領土。
汗の匂い、垢の匂い、血の匂い、涙の匂い、ボクの民族。

（セリフの途中でチャンゴの音（굿거리）が入り、安聖民が歌い始める）
우리 어멍 날 날 적에 어느 바당에 아아아　미역국 먹엉 으샤 으샤
이어도 사나 아아아 아아아아 이어도 사나 으샤　으샤
（歌いながら退場。余韻を残した後、チンの音で締める）

＊1　**ソリフシ**　パンソリの「ソリ（声・音）」と浪曲の「フシ（節）」をかけあわせた造語。国境を越える声と音と語り。
＊2　**イオドサナ**　済州島の民謡。海女たちが歌う、イオドとは幻の島、彼岸の島。

仙台の鬼夫婦

木村若友　伝授
脚色　玉川奈々福

〈フシ〉
黄金花咲くみちのくの　香も芳しき青葉城
伊達政宗の家来にて　七百石の伊井直人
こちらは家老で三千石　砂子三十郎の娘のお貞という
誰が呼んだか鬼夫婦

仙台伊達藩六十二万石の家老職で三千石。砂子三十郎というお方の、一人娘で名がお貞。仙台きっての器量よし。武術もたしなみ、長刀が静流の名人で、その上悧巧とくれば、縁談は雨の降る如くきますが、あれもいや、これもいやと断るばかり。では何が好きかと問われれば……。

「すなわち極道無頼なるお方。勝負事がお好きで、女郎買いとやらが好きで、お酒を召し上がる、三道楽の揃ったお方の許へ参りとうございます」

こりゃちょいと頭がオカシイ。世話人一同手を引く有様。同じ家中に無役《むやく》で七百石を頂戴する伊井仙三郎直人という人、身を放蕩に持ち崩し、呑む打つ買うの三道楽、中でも勝負事が大好きで、賭碁の元手に困って畳をはがしたが、負けて取られて今度は屋根の瓦をはがして勝負をしたという大変な男。お貞の噂をきいた友人一同に背中を押され、五合の酒で景気をつけて、お貞殿をいただきたいと、やってきました砂子の屋敷。

「家中一の放蕩者が来おったか。まったく貞めがおかしなことを云うばかりに……」

主人の砂子三十郎が困っておりますと、入ってきたのは娘のお貞。

「父上様。伊井仙三郎様とやらに、一目、お目にかかりとうございます」

「会いたい？　……貞、存じておるか、奴はとんでもない放蕩者……」

「ぜひ、お目にかかりとう存じまする」

客間に通されました仙三郎。しばらく待っておりますと、正面の唐紙が左右に開き、入って来たのは、主人ではなく、息をのむように美しい娘。

「貞と申します」

「これは貞殿でござるか。手前伊井仙三郎直人でござる。お見知りおかれてなにとぞよろしくお願いいたすでござるでござる」

声が裏返っている。

「父上様。なにとぞ私、仙三郎様の許へ」

「貞。気でも違ったか。よりによって仙台一の放蕩者を何処に望みがあって参る」

「私に思いがありまして」

「ならぬ」

「貞一生のお願いでございます。なにとぞお許しくださりませ」

「うーむ、それほど行きたければ勝手に行け。親子の縁も今日限り、着のみきのまま出て失せろ」

〈フシ〉
父の言葉は強けれど　母は流石に女親
涙のうちに出す着替え　着物の間へ金子百両さし入れて　見送る姿の切なさよ
こんな門出になろうとは　お貞は心で手を合わせ
お許しください母上様　親不孝者のこの心
きっとわかっていただける　ときがいつかはくるはずと
決意のお貞が嫁ぐのは　瓦もはがれた直人の屋敷
薄い布団も一枚ばかり　それに二人でくるまって
夢の一夜は明け渡る

朝目を覚ました仙三郎。かたえを見ると、新妻の姿がない。ははあ。あまりのボロ家に驚いて、逃げ帰ったな。逃げ出すようなお貞じゃない。朝の支度がすっかりできている。

「旦那様、日も高く上がっております。食事の支度もできました。どうぞお起き遊ばして」

しぶしぶ起き上がり顔を洗って食事がすむと、

「旦那様、おばくちとやらは如何でございますか？」

「ばくち……よく存じておるのう。ばくちは好きだが元手がない」

「ここに一両ございます。行っておいでなされませ」

「おお、これはかたじけない、では行ってくるぞ」

と、一両もらって出る賭け碁。夫が出かけたあとで大工左官畳やなどを呼んで、家の中が見違えるようになった。夕方、ぼんやり帰宅した仙三郎直人。

「お帰り遊ばせ、如何でございました」

「いや残念ながら全部取られてしまった」

「それは定めしご無念でしょう」

一夜明ければ、

「旦那様、昨日の仇討、行っておいでなされませ、一両差し上げます」

「そちはなかなか面白いおなごじゃのう。では行ってくるぞ」

一両もらって家を出る。夕方、取られて帰ってくる。こういうことが十日ばかり続きますと、

すっかり癖になって、

「貞。一両くれ……どうした？」

「旦那様。旦那様には、賭け碁というお楽しみがありますが、貞は楽しみがございません。これからは金子一両差し上げる前に、裏へ出て、私と一本立会いを」

「立ち会い？　ははは、生意気なことを申すな。女を叩いて金を取ったと言われては……」

「私、幼少の頃より静流長刀をいささか学びました。旦那様の木剣が私の身体にわずかなりともかすりましたら、一両差し上げます。さもなくば、一文たりとも、整えぬ……というのは、いかがでございましょうか」

「ほう……面白い。望みとあらば、如何にも立ち会ってつかわす。裏庭へ出い！」

直人は木剣、貞は長刀持って裏庭へ出る。

「行くぞ！」

「はい」

「だーっ！」

「はい」

直人のかまえは隙だらけ。腕前がまったく違います。一度に打ちすえては愛想がない。ちょっとあしらって右へ左へ。直人が汗だくになって、ひと声叫んで打ちこんでくる奴を、ヒラリ体をかわして、小手をぴしり。ばらりと落とした木剣を、拾わんとする所、ポーンと向こうずねをかっぱらった。ばったり倒れた仙三郎の、袴の腰板のところを石突でウン。腰を押さえられたものだから、亀の子のように手足をばたばたさせている。

「アイタタタ……参った……参ったと申しておる」

「なんという未熟なるお腕前。かかるお腕前で、いざ事あるその時はなにをもって殿に御奉公なされますか」

こちらへおいで遊ばせと手をとった。中の一間に入って唐紙ぴったり閉めまして、仏壇から取り出だした二つの位牌、夫の前にさっと立て、下座へ下がって両の手つき

〈フシ〉

ご覧ください旦那様　これはあなたの御両親
私当家へかしづいてより　ただの一度も御位牌に
手をば合わせた事はなく　暇さえあれば賭け碁とやら
この有様は何事ぞ　親はなけれど立派な殿が
なにを甘えておられるのか
只今から江戸へ出て　私を負かす腕前に
なるまで剣道修行して　おもどりなさるその日をば
貞は指折り待ちましょう　意見をされて仙三郎

目からうろこがはらりと落ちた
よく言うてくれたな　これお貞　明日といわずに只今から
江戸へ修行に乗りださん　留守中よろしく頼むぞと
花の仙台あとにして　指して行くのは大江戸の
訪ね来ました木挽町　柳生屋敷の表方

将軍家剣術指南役、柳生飛驒守宗冬公の道場。といっても宗冬公直々には教えません。柳生の麒麟と言われた師範代、大道寺平馬のもとへ住み込み、粒粒辛苦の三年間。柳生流上目録の腕前になった。これくらい修行をすれば、たかがお貞の一人や二人、意気揚々と三年ぶり、戻ってきました我が家の表。あれ？　我が家が見違えるように立派になっている。ははあ、貞のやつ、わしが江戸表へ修行に行ったあと、屋敷を人手に渡し、親元へ帰ったかな？


「頼もう」

「はい」

「伊井仙三郎直人殿のお宅はここなるか」

「はい、左様でございますが、旦那様はただいま、江戸表にて剣道ご修行中でございます」

「貞殿は」

「奥様は、いらっしゃいます。あの～、貴方様は」

「伊井直人じゃ」

「はい。こちらは伊井直人様のお宅でございますが、旦那様は……」

「だから、わしが仙三郎直人であると申しておる」

「ひえ、奥様！」

慌てて奥へと知らせにゆく。飛び立つ胸を押さえつつ、いそいそ出てきた玄関先。

「旦那様、ようお帰り遊ばしました……」

いとしい人を見上げれば……体じゅうスキだらけ。

「ただいま戻った、すすぎの水を持て」

「はい……」

「待ちゃ、お竹。旦那様。すすぎの水を取る前に、裏へお出ましくださりませ」

「何？」

「三年の間、何処方でご修行なさいました。私を打ち負かす腕なくば、家に上がること、なりませぬ。すすぎの水を取る前に、お立ち会いを」

「立ち会い？　立ち会いなればいつでもしてつかわす。長の道中で身体が疲れておるから、二、三日休養したのち……」

「なりませぬ。いざ戦場という場合、疲れているからと敵が待ってくれますか」

「黙れ！　……それは戦場での話。貞。お前とわしは夫婦ではないか」

「ただいまは夫婦であって夫婦にあらず。旦那様とは敵味方」

「……よくぞ申した。しからば立ち会ってつかわす。庭へ出い！」

直人は木剣、貞は長刀を持って裏庭へ。左右に分かれた。確かに腕は上がったが此処で気を緩めてはならぬ。心を鬼にして、旦那様には、本物になっていただかなければならぬ。こちら仙三郎、三年前とは腕が違う、ゆえに、相手の腕もよくわかる……しまった。こやつこんなに強いのか……仙三郎いらだって、エイッと打ち込んでくるを軽くかわして、ポーンと向こうずねを払った。ばったり倒れた袴の腰を、石突で押さえた。

「旦那様。これが三年間、江戸表でご修行なされたお腕前でござりまするか。お情けのうございます。ご修行とは名ばかり、江戸には楽しきものが数々あるとか、さぞやそれらにうつつを抜かしておられたのでござりましょう。いま一度のご修行を」

「……もっともじゃ。仙三郎重々恐れ入った。必ずその方を負かす腕前になるまで、修行いたす。さりながら、長の道中で身体が疲れておる。四、五日休ませてくれ」

「気の弛みは修行のさまたげ。これよりすぐに江戸表へ」

「貞や……一日だけでも休ませてはくれぬか」

「なりませぬ」

「腹が減っておる。飯を一膳、まかなってくれ」

「ございません」

「え？」

「差し上げるご飯はございません」

「しからば、湯の一杯でも……」

「旦那様。なんと心の弱いこと」

とっとこの場を出て行き遊ばせと、胸を突かれて仙三郎、思わずその場へ尻もちついた。口惜し涙で顔上げれば、お貞のすがたはすでになく、ぴったりしまった唐紙を、きっと睨んだ仙三郎、

「貞！　三年ぶりで戻ってきた夫を、突き飛ばすとは何事じゃ！」

覚えていろよ、これお貞。二十四歳、血気の若者、口惜し涙を打ち払い、すっくと立った旅の空。

〈フシ〉
花咲く黄金の奥州路　政宗公の仙台城下をあとにして
色も香もある伊達姿
北風寒く福島の　信夫三山伏し拝み
左をみればみちのくの　名所黒塚観世寺
右に見あげる名城は　その高十万と七百石

丹羽様城下の二本松　清く流れる阿武隈川
右に霞んだ安達太良山　夏も涼しき郡山
牡丹で知られた須賀川や　心を照らす鏡石
私ゃ何にも白河の　関所も無事にすぎましたら
波は立たねど黒磯や　那須野が原に立つ煙　野崎矢板や氏家も
早岡本と過ぎまして　此処は野州の宇都宮
古河の古戦場栗橋や　久喜白岡もいつしかに
くぐる鳥居は大宮で　道中無事を祈りつつ　再びついたる
やっと着いたる、くたびれ果てたる大江戸の

柳生屋敷、大道寺先生のもとで再度の修行。今度は覚悟が違う。夜ともなれば水垢離《みずごり》をとり、立木を相手に一人稽古。「エイッ！　ヤッ！」ある夜のこと、宗冬公が厠から戻り足、いま廊下へさしかかれば、聞こえる鋭い気合。足を止めて様子をうかがっておりましたが、そのまま部屋に帰り、翌朝大道寺平馬を呼んで、問いただした。なにか願をかけての稽古のように見えるが、あれは何ものじゃ。

「恐れながら、実はこれこれしかじかでございます」

聞いた宗冬公が驚いた。さてさて出してよこす妻女も偉いが修行に出てくる仙三郎、なかなか

気骨のある者、余が直々指南をしてつかわす。これは大変なことです。天にも昇る心地して、さあそれからというものは、教える飛騨守が一心、教わる直人がこれまた一心、一心と一心が合体して、初めて北海道で鰊がとれた、シャレを言ってる場合じゃない、三年目には極意皆伝の腕前となる。宗冬公、仙三郎を手元に呼び。

「よーう修行をした。ただいまより帰国して妻と立ち会い、負けるでないぞ。その方負けるようなことあらば、余が笑われる。柳生流が地に落ちるのじゃ。分かったか」

仙三郎、背筋にぞっと冷たいものがはしった。これでもしもお貞に負けたら……世を捨てるしかあるまい。決意を胸に仙三郎、帰ってきました我が家の表。

「貞！　ただいま帰った！　早く出てきて立ち会いにおよべ！」

さては旦那様のお帰りと、飛び立つ胸を抑えつつ、急いで出てくる玄関の、その姿を見上げれば、うの毛で突いた隙もない。

「旦那様……お帰り遊ばしませ。貞は、一日千秋の思いで、待っておりました」

「その口には乗らんぞ。さあ、裏庭へ出て一本立ち会え」

「……それには及びません。旦那様には、柳生流極意皆伝のお腕前かと存じまする」

「かれこれ申さず裏庭へ出ろ！」

「……お望みとあらば。竹や、長刀をこれへ」

二人は裏庭へまわった。

「ゆくぞ」

「はい」

「その方から」

「旦那様から……」

「一手の遅れは千手の遅れ……しからば合い引きだ……エイッ！」

「ヤッ！」

互いに別れた右左。しばしじっとにらみ合っておりましたが、双方ともに打ち込む隙がない。何を思ったかお貞は、長刀その場へばらりと落とし……

「到底私のごとき、及ぶ腕ではございません。御立派なご修行……おめでとうございます。旦那様……長らくの間、心にもないご無礼、どうかお許しくださりませ」

「貞……かたじけない。そちなかりせばこの直人、禄盗人で終わったのじゃ」


〈フシ〉

お貞の手を取り奥の間へ　まずまずまずと上座に直し
下座に下がって仙三郎　そちあればこその今日じゃ
何と申さる旦那様　如何に私意見をしても
貴方様に気持ちなかりせば　かかる腕にはなりますまい

互いに手と手を取りおうて　楽しき春はおとずれた
かくて伊井の家名も栄え　鬼夫婦との異名をとって
二人仲良く暮らしたという　直人お貞の物語
まずこれまで

パンソリ　沈清歌《シムチョンガ》

鄭應珉制唱本より[*1]
翻訳　安聖民

あらすじ

昔々、中国の宋の時代。黄州桃花洞に住む盲人・沈学奎《シムハッキュ》は、郭氏夫人との間に清《チョン》という娘をもうけるが、夫人は出産後すぐ亡くなってしまい、沈学奎は村人の助けをかりながら懸命に娘を育てる。清が十五になった時、沈学奎は偶然出会った僧侶から「寺に供養米三百石を納めれば目が見えるようになる」と聞かされる。清はその話を聞き、供養米三百石を手に入れるため、南京からきた商人に身を売り、荒れる印塘水《インダンス》岬の海を鎮めるために生贄となる。しかし、親孝行な清の行いに感動した竜王が清の命を助け、王の后になるようにと地上へ送り返す。そうとは知らない沈学奎は、自分のせいで娘が死んだと、失意と後悔の日々を過ごす。王妃となった清は父が気がかりで、王宮に全国の盲人を招待する。苦労の末に王宮にたどり着いた沈学奎は死んだはずの清が王妃になって現れたことが信じられない。が、次の瞬間、父を思う清の真心と娘を一目見たいと願う沈学奎の気持ちが天に通じ、沈学奎の目が開く。と、その場に居合わせた盲人たちもすべて目が見えるようになる。

「押しかけ女房のペンドギネ」〜「すべての盲人の目が開く」まで

【セリフ】

昼は川辺に行っては泣き、夜は家に戻って泣き、涙で日々を暮らしていたが、目の見えない沈《シム》学奎《ハッキュ》は独りで暮らすにはやはり不自由なので、誰かを雇おうかと思ったのだが、そこへ本村に住むペンドギネという女が、沈学奎が小銭を貯め込んでいると聞きつけ、押しかけ女房を決め込んだ。この女の悪行に食い意地といったら、この上なかった。

【歌（チャヂンモリ）[*2]】

大飯喰らいで、大酒のみ。肉も大好き、餅も大好き。家の米を勝手に売っては肉を買いこみ酒を飲む。道行く人に悪口を言い、村の東屋で昼寝をし、真夜中に大声で泣き、旅人にまとわりついてはタバコをねだる。ヒッとするとヘッとかえし、ヘッとするとヒッとかえす。チラリと見るとジロリとにらみ、ジロリとにらむとチラリとかえす。誰かが結婚したと聞くと、邪魔してやろうと新郎新婦の寝屋にそろりそろりと近づき、戸の前で手を叩きながら「火事だ〜!!」

でも、沈学奎はこんなひどい女だとはつゆ知らず……。

【セリフ】

ペンドギネに夢中になった沈学奎《シムハッキュ》は刀で耳をそがれてもわからないほどのあり様だった。

ある日、沈学奎は村の役所に呼ばれて出向いて見ると、都で盲人の宴があるので参加しろと言われ、路銀までもらって家に帰ってきた。「おい、ペンよ。今日役所に呼ばれて、都で盲人の宴があるから行くようにと路銀までもらったんだが、わしひとりでどうやって行けばいい?」「アイゴ! お前さん。〝女必従夫〟っていうじゃないか。千里でも万里でもついて行くよ」、「まったく、烈女だ。烈女! ところで、家にある金は誰に預けていけばいい?」「アイゴ! 男の人は家の中のことは何も知らないんだね。何でも準備が大事だろ? 杏代、餅代、小豆粥代、酒代、肉代……いろいろと入り用でさ、残ってる金なんてないよ」、「そりゃそうだ。ことわざにも〝女が食べるのはネズミの如し〟というからな。それはそれとして、早く都に出かけるとしよう」。

沈学奎はペンドギネとともに都に向かうことにしたが、故郷を出ると思うと急に淋しくなってきた。

【歌（チュンモリ）】

「桃花洞よ、さようなら。武陵村よ、さようなら。今日旅立てば、いつ帰って来られるだろう。

趙子龍《ちょうしりゅう》が河越えしたという青驄馬でもいれば、いますぐにでも都に着くだろうが、目の見えないこのわしは何日かかって都まで行くのか？　おい、ペンドギネ」、「はい」、「歌でも歌っておくれ。足が痛くてしかたない」。ペンドギネが歌を歌ったが、どこで聴いたのか、慶尚道のメナリ調と全羅道の草取り歌を織り混ぜて歌うのだった。「歩いて行くよ、歩いて行く。都までの何千里を歩いて行くよ。羽の生えた鶴にでもなれたらスイスイとひとっ飛びだけど、目の見えない旦那を連れて、何日かかることやら……」、「一番だ、一番さ。何といってもペンドギネが一番だ」。

そうこうするうちに、やがて陽もすっかり暮れて、二人は酒幕で休むことにした。すると、ペンドギネはそこにいた黄盲人に一目惚れし、沈学奎を寝かしつけると、真夜中に逃げ出してしまった。沈学奎はそうとも知らず、次の日の早朝、目が覚めるとペンドギネに話しかけた。

【セリフ】

「おい、ペンドギネ。早く起きろ。朝の涼しいうちに二、三十里進んでおかないとな」。いくら呼んでも、逃げてしまったペンドギネが答える訳がない。沈学奎はおかしく思い、「おい、ご主人。うちの女房を見なかったかい？」「女房なのかどうか知らないが、さっき若い奴と一緒に〝涼しいうちに出かける〟と出て行ってずいぶん経つな……」、「何だって？　いまごろになって言うなんてひどいじゃないか」、「俺はあの二人が夫婦だと思ったんだ。お前さんの連れ合いだなんて知らなかったさ」。

【歌（チニャンヂョ）】

沈学奎は途方に暮れ、その場にガックリと座り込んだ。「ああ、ペンドギネが行ってしまった。

義理も人情もない女め。はじめから捨てるつもりなら、元いた場所で捨ててくれ。数百里も故郷を離れたこんな所でわしを捨てるなんて、お前が幸せになれるとでも思っているのか？　お前がこんなことをするなんて思わなかった。賢くつつましい郭氏夫人を失い、親孝行な娘・清《チョン》すら失ったわしが、お前のような奴のことを考えているなんてどうかしてる。えい！　虎にガブリと噛まれて当然な女め！　ペンドギネ！　都までの遠い道のりを一体誰と一緒に行けというんだ」。

【歌（チュンモリ）】

だんだんと夜が明けてきた。沈学奎は主人に別れを告げると都に向けて出発した。が、どうしてもペンドギネのことが思い出される。「アイゴ……ペンドギネ！　この世の中で一番ひどい女だ。目の見える家長を裏切るのも人としてできることではないのに、目の見えないわしを捨てたお前が上手くいくはずがない。新しい旦那とどこにでも行くがいい」。

時は真夏の真っ盛り。太陽は火のように燃える。流れる汗をぬぐいつつ、あるところにたどり着いた。仰ぎみれば高い山々が連なり、見下ろせば白い砂地が続く。腰の曲がった長松は青い光を放ち、川の水は青山を回りこむように流れる。こちらの谷はチュルルル、あちらの谷はクァルクァル。十や十二の川が合わさり、時には鈴の音のように流れゆく川は人々の気持ちを洗うようだ。

【歌（チュンヂュンモリ）】

沈学奎はよろこんだ。水の音を聴いて嬉しくなった。水浴びをしようと、上下の衣服をさっさと脱ぐと水にドボンと飛び込んだ。「ああ、なんて気持ちいいんだ」。水をひとすくいしてグシュグシュと口をすすぎ、もうひとすくいすると脇の下を洗う。「ああ、スッとする！　山のてっぺんもこの気持ちよさには勝てないし、東海の水をみんな飲み干しても、ここまでスッとすることはない。ああ、最高だ。気持ちいい。本当にいい気持ちだ」。

【セリフ】

沈学奎は川から出てきて衣服を探したが、水浴びしている間に泥棒が学奎の服を持って行ってしまった。

【節（チャンヂョ）[*3]】

学奎は驚き、手探りしながら、「私の服はどこだ？　服はどこだ？　服を持っていくなら、食べて着て使ってもあまる金持ちの家から持って行けばいいものを。選りにもよって、目の見えない私の服を持って行くとは！　盲人の服を持って行く奴は十二代先まで苦労するぞ！　ああ、なんてあり様だ！　この年老いた身で真っ裸じゃ、都になど行けやしない」。

【セリフ】

だからといって、引き返すわけにもいかず、対面だけは保とうと、前だけはしっかりと隠して、「通り過ぎるご婦人方！　後ろを向いてくだされ。なぜだか知らんが、みんな脱いじまった」。どうすることもできずに座り込んでいると、武陵太守がちょうどその前を通りかかった。「おな〜り〜！　おな〜り〜！」（しめた！　どこかの役人がきたみたいだ。〝官は民の父母〟だというからな。ここはひとつ無理を承知で申し出るしかあるまい）、「申し上げます、申し上げます。お役人さまに申し上げます。目の見えない者ですが、申し上げたいことがございます」。行列が止まると、「そうか。どこで暮らす盲人じゃ？　裸のままで何を言おうというのじゃ？」

【歌（チュンモリ）】

「ええ、私が申し上げます。申し上げますとも。私は黄州桃花洞に暮らしておりますが、盲人の宴に参席しようと都に行く途中で連れ合いを失い、あまりにも暑いので水浴びをして出てきて見ると、着ていた服がどこかに行ってしまったのです。服を探してくださるなり、この私をどうにかしていただけないでしょうか？　善を行えばきっと慶事があると言います。徳の高い太守さまのお慈悲でどうかお助けください」。

【セリフ】

武陵太守は部下を呼んで、衣服を一着出してやり、「お前たちは手ぬぐいで事足りるだろう。誰か、この者に網巾と冠を分けてやるがいい」、「恐れ多いのですが、泥棒たちに私のキセルまで持っていかれてしまって……どうすればいいやら」。太守はケラケラ笑うと、キセルに路銀まで持たせてくれた。「アイゴ！　ご恩が骨身に染みいります」。沈学奎は何度も何度もお礼を言うと出立した。

落水橋を通り緑水亭にたどり着くと、そこで杵つきをしていた女たちが学奎を見かけてからかった。「ヘッ！　目の見えない奴らはみんな大忙しさね！　きっとあのオヤジも王宮の宴に行こうってんだよ……ちょっと、そこの人！　そんなところに座ってないで、ここにきて杵でもついていきなよ」、「杵をついたら、肉のおかずに昼飯でもくれるのかい？」「昼飯だけだとお思いでないよ！」沈学奎が女たちと歌を歌いながら杵をつき始めた。

【歌（チュンヂュンモリ）】

「杵よ、杵よ。トントントンとよくつける杵よ。中国三皇五帝の天皇はこの木で農具を作り人々を導いた。木とはそれほど重要な物。中国古代の聖人・有巣氏は鳥の巣を見て、木で家を作ることを思いついた。中国古代の神・神農氏は木で鍬を作ったのだ。杵の材料を見るに、人智を超えた不思議さがある。その美しい姿形……細い腰はかんざしのようだ。大きく振り上げられた姿は青海の龍のようであり、振り下ろされた姿は周の王・文王《ぶんおう》が深々と頭を下げた姿のようだ。五殺大夫が死んだ後、杵の音は途絶えたというが、この国はいまの王が即位され、天下太平の世となった。盲人の宴まで開いてくださるというじゃないか。平和の世が続くように杵の音を響かせよう」。

【セリフ】

「ちょっと、お前さん。そんな悠長に杵をついてたら、何日かかるかわかりゃしない。どんどんついてくれないと！」「そうだな。杵ってのは、つけばつくほどノッテくるもんだ」。

【歌（チュンヂュンモリ）】

「杵よ、杵よ。トントントンとよくつける杵よ。青々と連なる山々に分け入り、長くてまっすぐな松を切り、この杵をつくったのか。ああ、辛い……トウガラシの杵つき。香ばしいな……ゴマの杵つき。振りかぶっては振り下ろす……杵を上げたり下ろしたりを繰り返す。トントントンとよくつける杵よ。麦ごはんに青いカボチャのお汁を作ってみんなで腹一杯食べよう。トントントンとよくつける杵よ。昼時に間に合わせて杵つきを終えよう。

【セリフ】

沈学奎は杵つきを手伝って昼ご飯をご馳走になり、道を進むうちにとうとう都に到着し、いよいよ王宮に足を踏み入れた。宮中は盲人たちで溢れかえっており、沈学奎もその末席に加わったのだった。

【歌（チニャンチョ）】

その時、沈《シム》皇后は珊瑚の御簾ごしに外を見ながら、父親に会えることだけを待ちわび、ため息をついた。「盲人の宴を開いたのは何よりもお父様のため。なのに、どうしていらっしゃらないの？　私が印塘水《インダンス》の岬で死んだと思い、嘆き悲しまれた挙句にこの世を去られたのかしら？　仏様の霊験で目が見えるようになり、すでに盲人ではなくなられたのかしら？　道中で何かあったのかしら？　もう宴も終わろうというのに、どうして来られないの？」

【セリフ】

沈皇后は禮部の長官をお呼びになり、「盲人の中に沈《シム》という方がおられたら、別宮内にお迎えするように」と命じた。

【歌（チュンヂュンモリ）】

役人たちが街に出た。「地方から来られた盲人たちよ、宴がもうすぐ終わる。早く宮中に入られよ」。あちこちで呼ばわる声が響きわたる。

【セリフ】

役人たちは盲人たちをひとりずつ調べ、ついに沈学奎の前にやってきた。「あなたのお名前は？」「お名前もへったくれもない……食べるものでもくれないか。腹が減って死にそうだ」、「いやいや、名前さえわかれば飯もやるし服もやるさ。家がなきゃ家をやるし、女房がいなきゃ女房も世話してやろう。どうだい？」「こりゃ、気前よくいろんなものをくれるんだな。わしは沈学奎という者だ」、「！……沈様はここにおられるぞ！」「お〜っ！」

役人たちが集まってきた。沈学奎はびっくりして、「ああ、わしには娘を売った罪がある。この宴はどうやら、このわしを捕まえて殺すためのものらしい。え―い、一度死んだらおしまいさ、二度死んだりするものか。さあ、捕まえてくれ」。別宮に連れて行かれた沈学奎に、沈皇后が言った。「お名前は？　妻子はおられるのか？」

【節（チャンヂョ）】

沈学奎は妻子という言葉を聞いたとたん、見えぬ目からポロ、ポロ、ポロと涙をこぼした。

【歌（チュンモリ）】

「ええ、私が申し上げましょう。申し上げますとも。この私が申し上げます。私は古都黄州桃花洞に暮らし、名は沈学奎《シムハッキュ》。乙丑年の正月に産後の肥立ちが悪く亡くなった妻の残した娘を、近所の家々で乳をもらってはなんとか十五まで育て上げました。名を清《チョン》と申し、たいへんな親孝行者で、この子が食べ物をもらい歩いてなんとか暮らしておりました折り、偶然にある僧侶から供養米三百石を寺に奉納すれば目が見えるようになると聞きました。それを聞いた孝行者の娘が、南京の商船に三百石で身を売り、印塘水《インダンス》の岬から飛び込んで、すでに三年が経ちました。娘を売り飛ばしておいて、目を開くこともできずにいる私など生かしておく価値はありません。どうか、いますぐ殺してください」。

【歌（チャヂンモリ）】

沈皇后はこの言葉を聞くや否や、珊瑚の御簾をかきわけ、靴も履かずに飛び出した。「ああ、お父様！」沈学奎は驚き、「父さんだって？　お前は誰だ？　わしには息子も娘もいやしない。一人娘を死なせてもう三年になるってのに、いったいどういうことだ？」「ああ、お父様。まだ目を開いてないの？　印塘水の荒波にのまれ、一度は死んだ清がこうして生きて戻ってきました。はやく目を開いて、この私を見てください」。沈学奎はこの言葉を聞いても信じられない。「娘だって？　わしは死んで竜宮にやってきたのか？　それとも夢を見ているのか？　こりゃどうしたことだ？　死んだはずの清が生き返ってきたって？　娘だというなら確かめたい。ああ、目さえ開けばお前を見ることができるのに。なんてもどかしいんだ。本当に娘ならこの目で見てみたい」。目をシバシバ……シバシバさせたかと思うと、次の瞬間パッ！と開いたのだった。

【セリフ】

目を開いた沈学奎がその場に集まった何百という盲人たちを見たとたん、次々にみんな目を開いていくではないか。

【歌（チャヂンモリ）】

すべての盲人の目が開く。全羅道淳昌・潭陽特産の竹が裂ける音よろしくチャッチャと目を見開いていく。三か月前に宴にきて帰った盲人たちも自分の家で目を開き、まだ都に向かっている盲人も道中で目を開き、行っては開き、来ては開き、座っては開き、寝そべっては開き、立っては開き、怒って開き、泣いて笑って開き、目覚めては開き、うたた寝しては開き、目をパチパチさせては開き、目をこすっては開き、挙句の果てには鳥や獣たちまで一斉に目を開いて、世の中すべてが明るくなった。

＊1　**鄭應珉制**　パンソリの流派のひとつである西便制のいくつかの系統のひとつ。歌詞や歌いまわしは受け継いだ者によってそれぞれ違い、それぞれに自由奔放、オリジナリティに溢れるのも、語り芸であるパンソリのパンソリたるゆえん。

＊2　**歌**　歌の伴奏はソリブッと呼ばれる太鼓ひとつで行われる。パンソリに使われるリズムはチニャンジョ、チュンモリ、チュンヂュンモリ、チャヂンモリ、オンモリ、オッチュンモリ、フィモリの七種類で、物語の状況を劇的に伝える重要な役割を担っている。

＊3　**節**　チャンヂョ＝唱調は、伴奏なしで、節にのせて語るセリフと歌の中間的なもの。

旅するカタリの日記から　あとがきに代えて

二〇一八年三月十六日金曜日。

梅は咲いたが、桜はまだだ、外は黄色いスギ花粉が降りしきる明治百五十年の春。
午前中は家で参考文献一覧作りだとか、初出一覧のチェックだとか、『現代説経集』再校に向けてのやりとりを編集の中川さんとメールで交わしているうちから、むやみに心が落ち着かず、雨模様の空を見あげつつ、午後四時過ぎにはふらふらと外に漂いでたのです。

午後六時、銀座ニコンサロン。
民謡「相馬二遍返し」がかすかに流れる部屋で、写真家土田ヒロミが二〇一一年から二〇一七年まで福島のいろいろな場所で定点観測のように撮りつづけた写真と向き合う。そこに写し取られているのは流れゆく時間であり、その時間をそれぞれに生きてきた福島のすべての命の時間でもあり、そのなかには生きるために福島の外に彷徨いでるほかなかった五万名もの人びとの時間もあり、そこにはやむにやまれず漏れ出る叫びも、呟きも、ため息もあり、みずからのみこんでしまった声も、力ずくで封じ込まれた声もあり……。銀座ニコンサロンには、耳には聞こえぬ声や沈黙が氾濫しているようなのでした。本当に聴くべき声は、聞こえない声ばかりなのでした。

午後七時三十分、丸ノ内線国会議事堂前駅。

四つある出口のうちの三つは既に警備に当たっている警官たちによって封鎖されていて、いったい何のための警備かといえば、どう考えてもシロアリのように中心を蝕んでいる空虚な言葉を守るための警備なのですが、とにかく地上に出たい私は、どうしようもなく、唯一の出口、四番出口の階段を上ってゆきます。

地上では人びとがひしめいている。人びとは官邸前に行かぬよう封鎖線を張った警官隊によって狭い歩道に封じ込められている。私も封じ込められて、夜空に浮かぶ国会議事堂を見やりながら、雨に打たれながら、それでも声をあげる人びとの真っただ中でその声と音を聴きながら、でくのぼーのように立ちつづけました。

いろいろな場所から、中心をめざして人びとはやってきた。人びとは権力の中心へと声を投げつけている。中心に向けて怒りをぶつけている。声は確かな方向を持っている。メガホンを持つ誰かの声に合わせて、「公的文書、改竄するな」「嘘つくな」「説明しろよ」「責任とれよ」「佐川じゃなくて、安倍がやめろ」「メディアがんばれ」「官僚がんばれ」……。

いわゆるコールです。

私も小声でちょっぴり。でもね、私の声は他の人の声と微妙にずれる。声の響きわたる場所にみずからやってきたくせに、その響きに自分の声をぴったり合わせたくはないんです。恥ずかしいんです。骨の髄までどうしようもなく染み込んだはぐれものの心性と言いましょうか、つむじまがりでへそまがりで、どんなことにも容易には馴染みたくない野生の心とでも言いましょうか……。

もちろん私も憤っていました。なにより哀しかった。問いが心のうちに渦巻いていた。追い込まれて、封じ込まれて、塊りになって、中心に向かって声を重ねあわせて叫ぶ、そんな切羽詰まった状況になる前に、自分の生きている場所でそれぞれに、どれだけの声の〈場〉を、〈声〉をつなぐ〈語り〉の道をわれらは持っていたのだろうか、そして、これまでどれだけそれを奪われ、ほかの何かにすり替えられ、目くらましをされてきたのだろうか、どれだけそれをみずから手放してきたのだろうか。そんなことをつくづくと思っていたのです。

誰にもはっきりと目に見える耳にも聞こえる分かりやすい声の場が開かれて、それは、中心との対決、という形で図らずも〈中心〉を際立たせる、そういう確かな方向性を持つ構図の中にタンタンタンと一定のリズムで声が取り込まれていくことの不穏に、私はかすかに怯えていたのかもしれません。

思えば、移動の電車の中で岩波新書『瞽女うた』（二〇一四年）を読んでいた私は、その著者ジェラルド・グローマーが突きつけるこんな問いに、もう既にひそかに震えていた。

瞽女《ごぜ》は意識しなかったかもしれないが、彼女たちの唄は、我々に問いかけている。なぜ、音楽市場から、あのように長い物語を展開する唄は消えてしまったのかと。肉体的には江戸時代の人々と変わらぬ集中力を持っていても不思議でない現代人にとってなぜヒット曲の大半は、三分程度で終わるのであろうか。なぜ、ポップスは機械的なビートに終始しているのであろうか。柔軟なリズム感は、いったいどこに行ってしまったのであろうか。細かい装飾音の多い旋律を、なぜ聴衆（消費者）は要求しなくなったのであろうか。それを要求しなくなったのだとすれば、瞽女唄を好まない聴衆の嗜好は一体どのように発生し、どのように操作され、どれほど制限されてきたのであろうか。聴衆が無言のまま甘受している、こうした音楽の諸限界は、誰のいかなる利益となっているのであろうか。

瞽女のごとく、熊野比丘尼のごとく、説経祭文語りのごとく、声をたよりにこの世を旅する者でありたい私にとっては、これほど切実な問いもありません。

近代と声と語りの不穏で不幸な関係をめぐる問い。

問う私は、祈る私でもあります。

命の数だけ、声の数だけ、無数の中心が遍在するこの世でありますよう、

無数の語りの賑わいのなかに中心という不遜で傲岸な意識自体が溶けて空しくなりますよう、

生きとし生ける命から、命へと、脈々と命をつないでほとばしる水のような声の氾濫のなかでみずからの命を生きることに目覚めるわれらでありますよう、

問うて祈る私はくりかえし旅立つ私でもあります。

私は水のようにぐるぐるこの世をめぐりたい旅するカタリであります。

水は、山からの野からの海からの人びとからの鳥獣虫魚草木すべての命からの呼び声にますますみずみずしくなります。

呼び声のするところ、旅するカタリはきっと現れます。

いつかめぐり逢うその日まで、みなさまどうかごきげんよう。

姜　信子

参考文献

『気狂いモハ、賢人モハ』タハール・ベン ジェルーン、沢田直訳、 現代企画室、一九九六年
『水はみどろの宮』石牟礼道子作、山福朱実画、福音館書店、二〇一六年
『説経節』荒木繁・山本吉左右編注、東洋文庫、平凡社、一九七三年
『佐渡——伝承と風土』磯部欣三、創元社、一九七七年
『安寿——お岩木様一代記奇譚』坂口昌明、ぷねうま舎、二〇一二年
『説経正本集 第二』横山重編、角川書店、一九六八年
『パンソリ——春香歌・沈睛歌他』申在孝著、姜漢永・田中明訳注、東洋文庫、平凡社、一九八二年
『七つの夜』J・L・ボルヘス、野谷文昭訳、岩波文庫、二〇一一年
『海路残照』森崎和江、朝日文庫、一九九四年
『浪曲旅芸人』梅中軒鶯童、青蛙房、一九六五年
『実録浪曲史』唯二郎、東峰書房、一九九九年
『誰のために——石光真清の手記』石光真清、中公文庫、一九七九年
『うたいつぐ記憶——与那国・石垣島のくらし』聞き書き島の生活誌5、安渓貴子・盛口満編、ボーダーインク、二〇一一年
『生きとし生ける空白の物語』姜信子、港の人、二〇一五年

初出一覧

はじまりはじまり 狂っちまえよ、と影が言う
（原題・狂っちまえよ、と影が言う）
『アルテリ』四号、二〇一七年八月
なもあみだんぶーさんせうだゆう
『文藝』二〇一五年冬季号
こよなく愛する「説経 愛護の若」異聞
『すばる』二〇一七年三月号
恨九百九十九年
『風の旅人』復刊第六号（第五〇号）
旅するカタリ 八百比丘尼の話
（原題・八百比丘尼の話）
『ジェンダー研究』第二〇号、お茶の水女子大学ジェンダー研究所年報通巻第三七号
かもめ組創成記 千年の語りの道をゆく
——放浪かもめと澤村豊子——
放浪かもめがゆく
（原題・放浪かもめは千年の語りの道をゆく）

Review of Asian and Pacific Studies, No. 40, 成蹊大学アジア太平洋研究センター

曲師澤村豊子とともに

（原題・旅するカタリ　曲師澤村豊子とともに）

『西日本新聞』二〇一七年三月―八月

かもめ組資料

上演台本

かもめ組　ソリフシ公演『ケンカドリの伝記』

Review of Asian and Pacific Studies, No. 40, 成蹊大学アジア太平洋研究センター

姜　信子

1961年横浜市生まれ．作家．85年，東京大学法学部卒業．86年に「ごく普通の在日韓国人」でノンフィクション朝日ジャーナル賞受賞．著書に，『ごく普通の在日韓国人』『うたのおくりもの』（いずれも朝日新聞社），『日韓音楽ノート』『ノレ・ノスタルギーヤ』『ナミイ！八重山のおばあの歌物語』『イリオモテ』（いずれも岩波書店），『棄郷ノート』（作品社，熊本日日新聞文学賞受賞），『安住しない私たちの文化 東アジア放浪』（晶文社），『追放の高麗人』（石風社，地方出版文化功労賞受賞），『今日，私は出発する　ハンセン病と結び合う旅・異郷の生』（解放出版社），『はじまれ　犀の角問わず語り』（サウダージ・ブックス＋港の人），『生きとし生ける空白の物語』（港の人），『声　千年先に届くほどに』『妄犬日記』（ぷねうま舎），『はじまりはじまりはじまり』（羽鳥書店），訳書に『あなたたちの天国』（李清俊，みすず書房）などがある．

現代説経集

2018年４月25日　第１刷発行

著　者　姜《きょう》　信子《のぶこ》

発行者　中川和夫

発行所　株式会社 ぷねうま舎
〒162-0805　東京都新宿区矢来町122　第二矢来ビル3F
電話 03-5228-5842　　ファックス 03-5228-5843
http://www.pneumasha.com

印刷・製本　株式会社ディグ

ISBN 978-4-906791-80-4　　Printed in Japan

声　千年先に届くほどに　姜　信子　四六判・二二〇頁　本体一八〇〇円

妄犬日記　姜　信子　四六判・一八〇頁　本体二〇〇〇円

安寿　お岩木様一代記奇譚　坂口昌明　四六判・三〇四頁　本体二九〇〇円

津軽　いのちの唄　坂口昌明　四六判・二八〇頁　本体三二〇〇円

たどたどしく声に出して読む歎異抄　伊藤比呂美　四六判・一六〇頁　本体一六〇〇円

折口信夫の青春　富岡多惠子・安藤礼二　四六判・二八〇頁　本体二七〇〇円

この女《ひと》を見よ　――本荘幽蘭と隠された近代日本――　江刺昭子・安藤礼二　四六判・二三二頁　本体二三〇〇円

湯殿山の哲学　――修験と花と存在と――　山内志朗　四六判・二四〇頁　本体二五〇〇円

終《つい》をみつめて　――往復書簡 風のように――　八木誠一・得永幸子　四六判・二九四頁　本体二五〇〇円

――――――　ぷねうま舎　――――――

表示の本体価格に消費税が加算されます

2018年４月現在